〔宋〕李清照
〔宋〕朱淑真 著

李清照集

附朱淑真詞

廣陵書社
中國·揚州

圖書在版編目（CIP）數據

李清照集附朱淑真詞 / （宋）李清照，（宋）朱淑真著. -- 揚州 : 廣陵書社，2019.1（2020.8 重印）
（經典國學讀本）
ISBN 978-7-5554-1165-9

Ⅰ. ①李… Ⅱ. ①李… ②朱… Ⅲ. ①宋詞－選集 Ⅳ. ①I222.844

中國版本圖書館CIP數據核字(2018)第287924號

書　　名　李清照集附朱淑真詞
著　　者　〔宋〕李清照　〔宋〕朱淑真
責任編輯　胡　珍
出 版 人　曾學文
裝幀設計　鴻儒文軒

出版發行　廣陵書社
揚州市維揚路 349 號　郵編：225009
(0514) 85228081（總編辦）　85228088（發行部）
http://www.yzglpub.com　E-mail:yzglss@163.com
印　　刷　三河市華東印刷有限公司

開　　本　880 毫米 × 1230 毫米　1/32
印　　張　5.75
字　　數　60 千字
版　　次　2019 年 1 月第 1 版
印　　次　2020 年 8 月第 2 次印刷
書　　號　ISBN 978-7-5554-1165-9
定　　價　35.00 圓

編輯説明

自上世紀九十年代始，我社陸續編輯出版一套綫裝本中華傳統文化普及讀物，名爲《文華叢書》。編者孜孜矻矻，兀兀窮年，歷經二十載，聚爲上百種，集腋成裘，蔚爲可觀。叢書以内容經典、形式古雅、編校精審，深受讀者歡迎，不少品種已不斷重印，常銷常新。

國學經典，百讀不厭，其中藴含的生活情趣、生命哲理、人生智慧，以及家國情懷、歷史經驗、宇宙真諦，令人回味無窮，啓迪至深。爲了方便讀者閲讀國學原典，更廣泛地普及傳統文化，特于《文華叢書》基礎上，重加編輯，推出《經典國學讀本》叢書。

本叢書甄選國學之基本典籍，萃精華于一編。以内容言，所選均爲家喻户曉的經典名著，涵蓋經史子集，包羅詩詞文賦、小品蒙書，琳琅滿目；以篇幅言，每種規模不大，或數種彙于一書，便于誦讀；以形式言，採用傳統版式，字大文簡，讀來令人賞心悦目；以編輯言，力求精擇良善版本，細加校勘，注重精讀原文，偶作簡明小注，或酌配古典版畫，體現編輯的匠心。

當下國學典籍的出版方興未艾，品質參差不齊。希望這套我社經年打造的品牌叢書，能爲讀者朋友閱讀經典提供真正的精善讀本。

廣陵書社編輯部

二〇一七年十二月

出版説明

李清照，號易安居士，山東章丘人，宋代著名女詞人，生于神宗元豐七年（一〇八四），約卒于高宗紹興二十五年（一一五五）。其父李格非學從蘇軾，名重于時，久居京官，家富藏書，因而她自幼生活優裕，慣于吟咏。後李清照嫁于趙明誠，夫妻情投意合，寄情金石。至遭靖康之變，徽、欽北狩，山河破碎，故國易主。逢此世變，李清照只得凄然南渡，所藏金石字畫，頃刻蕩然；繼而趙明誠病歿建康（今江蘇南京），她自此益加孤苦。後期，有言改嫁張汝州，却無確論，但可以肯定的是易安寂然半生，鬱鬱而終。

李清照是中國文學史上的一個奇迹。中國古典文學浩如烟海，才高驚世者代不乏人，然而他們大多數都是男性。雖間有閨中之作傳世，又多逃脱不了充當點綴的宿命。究其原因，很大程度上是由于女性的社會地位受到壓制，活動空間極爲有限，缺乏接受教育的機會和獲得社會體驗的途徑，這不僅影響了其作品的内涵和深度，甚至近于剥奪了其從事創作的機會。然而，思想和感受永遠是不可扼抑的。它們一經産生，并且以有效的方式表達出來，極有可能成爲歷史上永難磨滅的印記。易安即如此。

李清照被後世稱爲婉約派詞人的代表。然而，李清照可爲婉約派之代表，『婉約』二字則不足爲李清照之代表。她身經世變，地遷南北，表現于文字，則前期多寫自然風光與閨中感情，詞風清靈，後期多寫家國之痛和故園之情，沉鬱凄凉。其委婉處正如『倚門回首，却把青梅嗅』『眼波纔動被人猜』『莫許杯深琥珀濃，未成沉醉意先融，疏鐘已應晚來風』，而凄凉處却如『物是人非事事休，欲語淚先流』『誰憐流落江湖上，玉骨冰肌未肯枯』『一枝折得，人間天上，沒個人堪寄』。

李清照在文學理論上亦有其主張。她在所作《詞論》中主張詞必須尚文雅、主情致、協音律，并且認爲詞與詩相比『別是一家』。這種認識，擺脱了以詞爲『詩之餘』的舊説，不僅顯示了她對這種文體的認同，而且也意味着她的創作已經超越了自娱的層次。

文字是思想和體驗的結晶，是人的生命通過文字這種載體的另一種延續。世有『簾捲西風，人比黄花瘦』，則有李清照，正如有『亦余心之所善兮，雖九死其猶未悔』，則有屈原，有『人生在世不稱意，明朝散髮弄扁舟』，則有李白。昔人已去，而其文字不朽。沒有文字，沒有先輩的創作，我們今天面對的，則或許是沙漠。因此，面對李易安，除却欣賞，還當感恩。

朱淑真，號幽栖居士，宋代女詩人。其生平訖無確證，相傳爲浙江人，南宋初年在世，生長宦家，嫁于文法小吏，因志趣不合，生活不睦，以致早逝。朱淑真死後，父母將其文稿付之一炬，今世所傳《斷腸詩集》《斷腸詞》乃後人輯録之作。

朱淑真的文風前期清婉纏綿，後期則易以幽怨。對于寫作，朱淑真是主動的、有意識的，甚至她還有着難得的擔當精神和挑戰陳腐觀念的勇氣。她在生活中保持着創作的激情，爲了創作而忽略了一些尋常事務，所謂『情知廢事因詩句，氣習難除筆硯緣』；她還發出了『女子弄文誠可罪，那堪咏月更吟風』的自責，實質却是借此對創作的内容提出了更高的要求；她相信自己的作品有着深厚的社會價值，創作的意義『到底只留爲謔贈，更勞國史刺民風』。

朱淑真文名堪比李清照，然而其不幸則遠過于李清照。易安不幸，金虜馬踏中原，争奈國破南渡；明誠病歿建康，遂致形影相吊，實不易安。然李清照終曾有趙明誠，而朱淑真則終無蕭郎。李清照之作仍傳于世，而朱淑真之作，又經焚劫。究其原因，蓋不出『名教』二字。父母將其文稿焚毀，極有可能是覺得這些作品中表現的情懷不合于禮法的要求。圖書五厄，秦火居首。然而，非但嬴政有其火，人人心中皆有秦火。這提醒我們，在對待文學的態度上，永遠要多一點寬容，多一點珍惜。

我們現在編輯的《李清照集》，收録詞作五十一首，皆爲文學史上認定或基本認定易安所作，添加簡注，收録品評，配以版畫插圖，并附録部分易安詩文作品。集後又收《朱淑真詞》，得詞作二十餘首，内容無論記事寫景，多爲摹寫感情生活孤寂苦惱的抒情之作。

廣陵書社編輯部

二〇一八年十一月

目録

朱淑真詞

點絳唇

蹴罷秋千，起來慵整纖纖手。露濃花瘦，薄汗沾衣透。見客入來，襪剗金釵溜，和羞走。倚門回首，却把青梅嗅。

【輯評】

明·錢允治《續選草堂詩餘》：曲盡情悰。

清·李繼昌《左庵詞話》：酷肖小兒女情態。

鷓鴣天

桂

暗淡輕黃體性柔，情疏迹遠只香留。何須淺碧輕紅色，自是花中第一流。　梅定妒，菊應羞，畫闌開處冠中秋。騷人可煞①無情思，何事當年不見收。

【注釋】

①騷人：詩人。可煞：亦作『可殺』，表疑問語氣，猶『是否』。

浣溪沙

莫許杯深琥珀①濃，未成沉醉意先融。疏鐘②已應晚來風。瑞腦③香消魂夢斷，辟寒金④小髻鬟鬆，醒時空對燭花紅。

【注釋】

①琥珀：酒色，借指美酒。②疏鐘：稀疏的鐘聲。③瑞腦：香料名。④辟寒金：相傳三國魏明帝（曹叡，曹丕之子，曹操之孫）時，昆明國進貢嗽金鳥，居于辟寒臺，能吐金屑，稱爲辟寒金。此處指金製的髮飾。

漁家傲

雪裏已知春信至，寒梅點綴瓊枝膩①。香臉半開嬌旖旎，當庭際，玉人浴出新粧洗。

造化②可能偏有意，故教明月玲瓏地。共賞金樽沉綠蟻③，莫辭醉，此花不與群花比。

【注釋】

①瓊枝：指梅花枝幹嘉美如玉。膩：形容臘梅顏色如蜜，濃厚豐裕。

②造化：自然界。③綠蟻：新釀製酒的表面泛起的泡沫稱爲『綠蟻』；後用來代指新出的酒。

减字木蘭花

賣花擔上，買得一枝春欲放。淚染輕勻，猶帶彤霞曉露痕。　怕郎猜道，奴面不如花面好。雲鬢斜簪，徒要教郎比並看。

浣溪沙

閨情

繡面芙蓉一笑開。斜飛寶鴨①襯香腮。眼波纔動被人猜。

一面風情深有韻，半牋嬌恨寄幽懷。月移花影約重來。

【注釋】

①寶鴨：即香爐。因作鴨形，故稱。斜飛：指香烟裊裊升起的狀態。

【輯評】

清·賀裳《皺水軒詞筌》：詞雖以險麗爲工，實不及本色語之妙。如李易安『眼波纔動被人猜』。

清·田同之《西圃詞説》：詞中本色語，如李易安『眼波纔動被人猜』……蓋詞中雅俗字原可互相勝負，非文理不背，即可通用。

清·吴衡照《蓮子居詞話》：易安『眼波纔動被人猜』，矜持得妙……善于言情。

【附】

清·王士禛《浣溪沙·春閨·和〈漱玉詞〉》：漸次紅潮趁靨開。木瓜香粉印桃腮。爲郎瞥見被郎猜。不逐晨風飄陌路，願隨明月入君懷。半床犤夢待君來。

如夢令

昨夜雨疏風驟。濃睡不消殘酒。試問捲簾人，却道海棠依舊。知否，知否？應是緑肥紅瘦。

【輯評】

宋・胡仔《苕溪漁隱叢話》前集卷六十：近時婦人，能文詞如李易安，頗多佳句。……『緑肥紅瘦』，此語甚新。

明・張綖《草堂詩餘別録》：結句尤爲委曲精工，含蓄無窮之意焉，可謂女流之藻思者矣。

明・李攀龍《草堂詩餘雋》眉批：語新意雋，更有豐情。

明·蔣一揆《堯山堂外紀》：李易安又有《如夢令》……當時文士，莫不擊節稱賞，未有能道之者。

明·沈際飛《草堂詩餘》：『知否』二字，叠得可味。『綠肥紅瘦』，創獲自婦人，大奇！

清·黃蘇《蓼園詞選》：一問極有情，答以『依舊』，答得極澹，跌出『知否』二句來；而『綠肥紅瘦』，無限淒婉，却又妙在含蓄。短幅中藏無數曲折，自是聖于詞者。

【附】

清王士禛《如夢令·和〈漱玉詞〉》：簾額落花風驟。春思慵如中酒。久待不歸來，解識相思如舊。堪否，堪否？坐盡寶爐香瘦。

怨王孫

帝里①春晚，重門深院。草綠階前，暮天雁斷。樓上遠信誰傳？恨綿綿。多情自是多沾惹，難拚捨。又是寒食也。鞦韆巷陌人靜，皎月初斜，浸梨花②。

【注釋】

①帝里：京城。②浸：謂梨花籠罩在如水的月光下。

【輯評】

明·李攀龍《草堂詩餘雋》：以『多情』接『恨綿綿』，何組織之工！

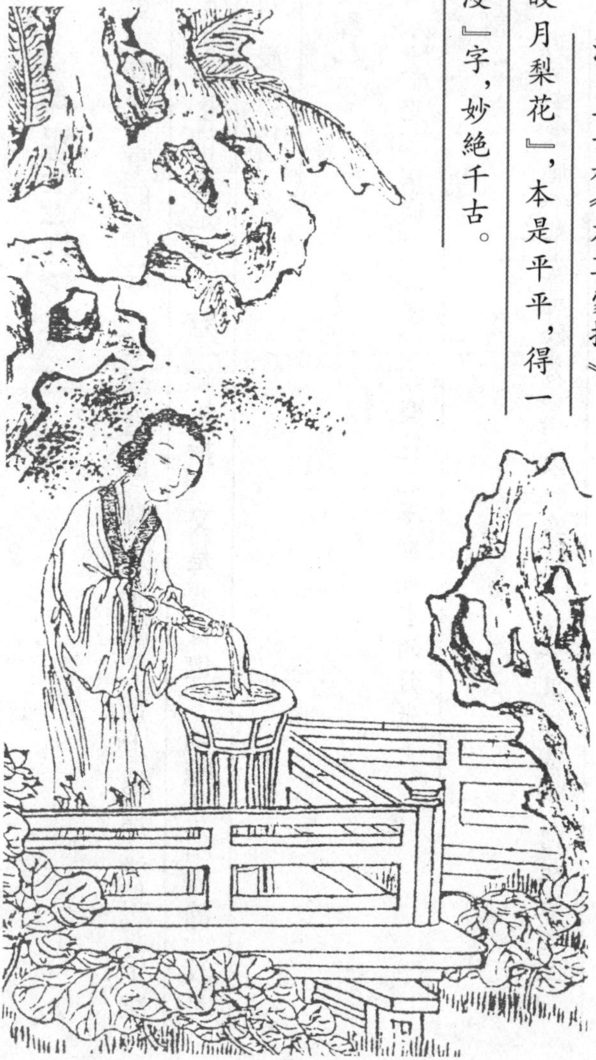
清·王士禛《花草蒙拾》：
「皎月梨花」，本是平平，得一
「浸」字，妙絕千古。

一剪梅

紅藕香殘玉簟秋①，輕解②羅裳，獨上蘭舟。雲中誰寄錦書來③？雁字回時，月滿西樓。花自飄零水自流。一種相思，兩處閑愁。此情無計可消除，纔下眉頭，却上心頭。

【注釋】

①紅藕：荷花。玉簟：竹席的美稱。②解：挽。③雲中：喻朝廷，指京城。錦書：前秦蘇蕙思念被徙流沙的丈夫，織錦爲迴文詩寄贈。後多用以指妻子給丈夫的表達思念之情的書信。

【輯評】

明·楊慎批點《草堂詩餘》引鍾人傑語：此詞低回宛折，蘭香玉潤，即六朝才子，恐不能擬。

明·王世貞《弇州山人詞評》：可謂憔悴支離矣……非深于閨恨者不能也。

明·李廷機《草堂詩餘評林》卷二：此詞頗盡離别之情，語意超逸，令人醒目。

清·梁紹壬《兩般秋雨庵隨筆》卷三：易安《一剪梅》詞起句『紅藕香殘玉簟秋』七字，便有吞梅嚼雪不食人間烟火氣象，其實尋常不經意語也。

【附】

清·王士禛《一剪梅·和〈漱玉詞〉》：雁語金塘水漸秋，遥聽菱歌，不見菱舟。望君何處最銷魂？舊日青山，恰對朱樓。　九曲長江天際流。似寫相思，難寄新愁。夢魂幾夜可曾閑？鶴子山頭，燕子磯頭。

清·彭孫遹《一剪梅·和〈漱玉詞〉》：萬疊青山一抹秋，天半歸雲，天外歸舟。何時玉席手重携？同拂香巾，同上朱樓。　南浦寒潮帶雨流，只送人行，不管人愁。吴天極目路逶迤，海涌峰頭，薛澱湖頭。

玉樓春

紅梅

紅酥①肯放瓊瑶碎，探著南枝開遍未？不知蘊藉幾多時，但見包藏無限意。

道人憔悴春窗底，悶損闌干愁不倚。要來小看便來休，未必明朝風不起。

【注釋】

①紅酥：亦作『紅蘇』，此處形容梅花紅潤柔膩。

【輯評】

清·朱彝尊《静志居詩話》卷十八：咏物詩最難工，而梅尤不易……李易安詞：『要來小看便來休，未必明朝風不起。』皆得此花之神。

慶清朝

禁幄低張，雕欄巧護，就中獨占殘春。容華淡竚，綽約俱見天真。待得群花過後，一番風露曉粧新。妖嬈態，妒風笑月，長殢東君①。東城邊，南陌上，正日烘②池館，競走香輪③。綺筵散日，誰人可繼芳塵？更好明光宮裏④，幾枝先向日邊勻⑤，金尊倒，拚了畫燭，不管黃昏。

【注釋】

①殢：音替，滯留。東君：司春之神。②烘：襯托，渲染，映照。③香輪：香木做的車，車的美稱。④明光：漢代宮殿名稱，後泛指朝廷宮殿。⑤日邊：比喻京師附近或帝王左右。

行香子

草際鳴蛩①，驚落梧桐，正人間天上愁濃。雲階月色，關鎖千重。縱浮槎②來，浮槎去，不相逢。 星橋③鵲駕，經年纔見，想離情別恨難窮。牽牛織女，莫是離中？甚霎兒晴，霎兒雨，霎兒風④。

【注釋】

①蛩：音窮，蟋蟀。②浮槎：傳說中來往于海上和天河之間的木筏。③星橋：即鵲橋。④霎兒：霎時，片刻。

南歌子

天上星河轉，人間簾幕垂。涼生枕簟淚痕滋①，起解羅衣，聊問夜何其？　翠貼蓮蓬小，金銷藕葉稀②。舊時天氣舊時衣，只有情懷不似舊家時③。

【注釋】

①枕簟：枕席，泛指臥具。滋：滋蔓，浸潤。②翠貼二句：指羅衣上的貼繡，謂家寒而著舊時繡衣。③舊家：從前。

多麗

咏白菊

小樓寒，夜長簾幕低垂。恨蕭蕭、無情風雨，夜來揉損瓊肌①。也不似、貴妃醉臉，也不似、孫壽愁眉②。韓令偷香③，徐娘傅粉④，莫將比擬未新奇。細看取，屈平陶令，風韻正相宜。微風起，清芬醞藉，不減荼蘼。漸秋闌、雪清玉瘦，向人無限依依。似愁凝、漢臯解佩⑤；似淚灑、紈扇題詩。朗月清風，濃烟暗雨，天教憔悴度芳姿。縱愛惜，不知從此，留得幾多時。人情好，何須更憶，澤畔東籬！

【注釋】

①瓊肌：瑩潔似玉的肌膚，多形容女子。②孫壽：東漢梁冀妻，畫一種細而曲折的眉妝，稱爲『愁眉』，以爲媚惑。③韓令：西晋人韓壽，姿容華美有才華，與上司女兒私會偷情，後結爲夫妻。後借稱美男子，多指出入歌樓舞榭的風流子弟。④徐娘：指南朝梁元帝妃徐昭佩，後因用以稱尚有

風韵的年紀稍長的女性。⑤漢皋：山名。在湖北襄陽。相傳周代鄭交甫于漢皋臺下遇二女，二女解佩相贈。

【輯評】

清·况周頤《珠花簃詞話》：李易安《多麗·咏白菊》前段用貴妃、孫壽、韓掾、徐娘、屈平、陶令若干人物；後段雪清玉瘦、漢皋紈扇、朗月清風、濃烟暗雨許多字面，却不嫌堆垛，賴有清氣流行耳。『縱愛惜，不知從此，留得幾多時』，三句最佳，所謂傳神阿堵，一筆凌空，通篇俱活。歇拍不妨更用『澤畔東籬』字。昔人評《花間》鏤金錯繡而無痕迹，余于此闋亦云。

如夢令

常記溪亭日暮，沉醉不知歸路。興盡晚回舟，誤入藕花深處。争渡，争渡，驚起一行鷗鷺。

【附】

清·王士禛《如夢令·和〈漱玉詞〉》：送别西樓將暮，望斷王孫歸路。昨夜夢郎歸，還是舊時别處。前度，前度，記得柳絲春鷺。

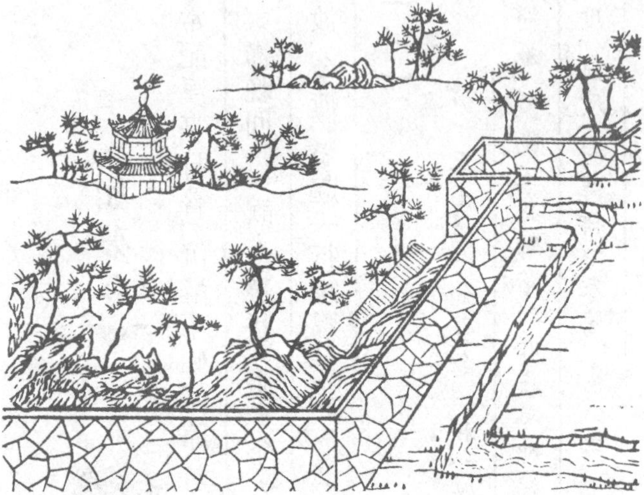

青玉案

一年春事都來①幾，早過了，三之二。緑暗紅嫣渾可事②。緑楊庭院，暖風簾幕，有箇人憔悴。

買花載酒長安市，争似家山見桃李③。不枉東風吹客淚，相思難表，夢魂無據，唯有歸來是。

【注釋】

①都來：算來。②嫣：濃艷。渾：全，都，皆。可事：小事，尋常之事。③争似：怎似。家山：故鄉。

【輯評】

明·李攀龍《草堂詩餘雋》卷二評語：春深景物繁華，最能動人情思。

明·楊慎《批草堂詩餘》卷三：離思黯然。

此首一作歐陽修作。一作無名氏作。

新荷葉

薄露初零①，長宵共、永晝分停②。遶水樓臺，高聳萬丈蓬瀛③。芝蘭爲壽，相輝映，簪笏盈庭。花柔玉浄，捧觴別有娉婷。鶴瘦松青，精神與、秋月争明。德行文章，素馳日下聲名。東山高蹈，雖卿相、不足爲榮。安石④須起，要蘇天下蒼生。

【注釋】

①零：凋敝。②永晝：漫長的白日。分停：停分，意謂平分。③蓬瀛：蓬萊和瀛洲，相傳爲仙人居住之所，泛指仙境。④安石：東晋謝安，字安石。此首爲祝晁補之壽詞，時晁隱居鄉里數年，清照以東晋謝安比擬，贊其有高蹈氣質，也希望能夠重新起用一展抱負。

憶秦娥

臨高閣。亂山平野烟光薄。烟光薄。栖鴉歸後，暮天聞角①。斷香殘酒情懷惡。西風催襯梧桐落。梧桐落。又還秋色，又還寂寞。

【注釋】

①角：畫角。傳自西羌。形如竹筒，本細末大，以竹木或皮革等製成，因表面有彩繪，故稱。發聲哀厲高亢，古時軍中多用以警昏曉，振士氣，肅軍容。

醉花陰

薄霧濃雲愁永晝。瑞腦銷金獸①。佳節又重陽，玉枕紗厨②，半夜涼初透。

東籬把酒黃昏後，有暗香③盈袖。莫道不銷魂，簾捲西風，人比黃花瘦。

【注釋】

①金獸：獸形的香爐。②紗厨：紗帳。③暗香：指菊花。

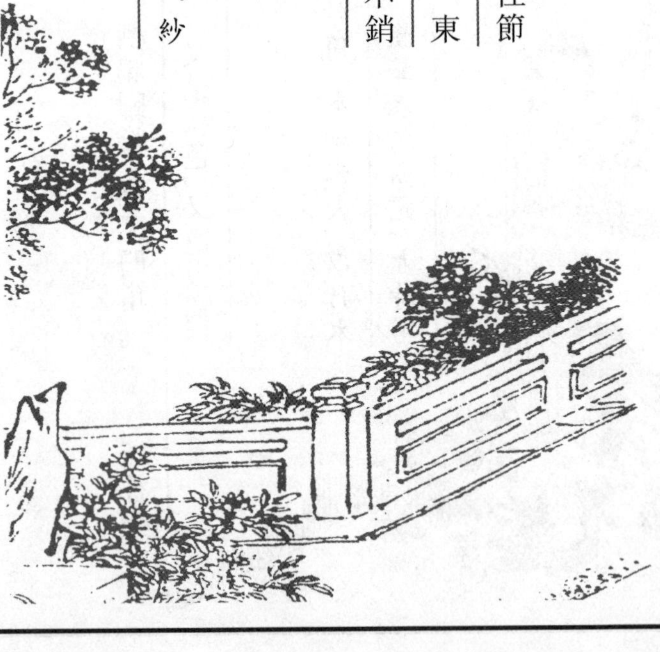

【輯評】

宋·胡仔《苕溪漁隱叢話》前集卷六十：『簾捲西風，人似黄花瘦。』此語亦婦人所難到也。

明·楊慎批點《草堂詩餘》卷一評結二句：凄語，怨而不怒。

明·徐士俊《古今詞統序》：如『簾捲西風，人比黄花瘦』等句，即暗中摸索，亦解人憐。此真能統一代之詞人者矣。

清·毛先舒《詩辨坻》卷四：指取温柔，詞歸蘊藉。暱而閨幃，勿浸而巷曲。浸而巷曲，勿墮而村鄙。

清·許寶善《自怡軒詞譜》卷二：幽細凄清，聲情雙絶。

清・陳廷焯《雲韶集》卷十：無一字不雅。深情苦調，元人詞曲往往宗之。

【附】

清・王士禛《醉花陰・和〈漱玉詞〉》：香閨小院閑清晝。屈戌交銅獸。幾日怯輕寒，簫局香濃，不覺春光透。　韶光轉眼梅花後，又催裁羅袖。最怕日初長，生受鶯花，打疊人消瘦。

④陽關：即《陽關三疊》，泛指離別時唱的歌曲。⑤秦樓：又名鳳樓、鳳臺、鳳凰臺。相傳秦穆公女弄玉，好樂。蕭史善吹簫作鳳鳴。秦穆公以弄玉妻之，爲之作鳳樓。二人吹簫，鳳凰來集，後乘鳳飛升而去。事見漢·劉向《列仙傳》。

鳳凰臺上憶吹簫

香冷金猊①，被翻紅浪，起來慵自梳頭。任寶奩塵滿②，日上簾鈎。生怕離懷別苦，多少事、欲説還休。新來瘦，非干病酒，不是悲秋③。休休！這回去也，千萬遍《陽關》④，也則難留。念武陵人遠，烟鎖秦樓⑤。唯有樓前流水，應念我、終日凝眸。凝眸處，從今又添，一段新愁。

【注釋】

①金猊：香爐的一種。爐蓋作狻猊形，空腹。焚香時，烟從口出。②寶奩：梳妝鏡匣的美稱。『寶奩塵滿』意謂無心梳妝打扮。③干：關聯，涉及。病酒：因飲酒過量而生病。悲秋：看到秋天草木凋零而感到悲傷。

【輯評】

明·茅暎《詞的》卷四：出語自然，無一字不佳。

明·李攀龍《草堂詩餘雋》卷二評語：寫出一種臨別心神，而新瘦新愁，真如秦女樓頭，聲聲有和鳴之奏。

明·李廷機《草堂詩餘評林》卷三：宛轉見離情別意，思致巧成。

明·《古今詞統》卷十二徐士俊評：亦是林下風，亦是閨中秀。

清·陳廷焯《雲韶集》卷十：此種筆墨，不減耆卿、叔原，而清俊疏朗過之。『新來瘦』三語，婉轉曲折，煞是妙絶。　筆致絶佳，餘韵尤勝。又《詞則·別調集》卷二：凄艷不減耆卿，而騷情雅意過之。　曲折有致。

【附】

清·王士禛《鳳凰臺上憶吹簫·和〈漱玉詞〉》：鏡影圓冰，釵痕却月，日光又上樓頭。正羅幃夢覺，紅褪緗鈎。睡眼初瞤未起，夢裏事、尋憶難休。人不見，便須含淚，强對殘秋。　悠悠。斷鴻南去，便瀟湘千里，好爲儂留。又斜陽聲遠，過盡西樓。顛倒相思難寫，空望斷、南浦雙眸。傷心處，青山紅樹，萬點新愁。

清·彭孫遹《鳳凰臺上憶吹簫·和〈漱玉詞〉》：寶鴨抛烟，寒螿泣露，蘭橈催發湖頭。正銀河清淺，殘月如鈎。多少情悰欲説，知無奈、則索行休。紗窗静，幾株疏柳，一片清秋。　堪憂。箇人何處？那衣香手粉，髣髴還留。憶舊年此夜，花壓層樓。静對金波似水，桃笙上、隱隱回眸。傷心處，依然花月，添却離愁。

浣溪沙

小院閑窗春色深，重簾未捲影沉沉①。倚樓無語理瑤琴。 遠岫出雲催薄暮，細風吹雨弄輕陰。梨花欲謝恐難禁。

【注釋】

①沉沉：深邃貌。

【輯評】

明·沈際飛《草堂詩餘》正集卷一：雅練。『欲謝』『難禁』，淡語中致語。

明·董其昌《便讀草堂詩餘》卷一：寫出閨婦心情，在此數語。

清·陳廷焯《詞則·別調集》卷二：中有怨情，意味自永。

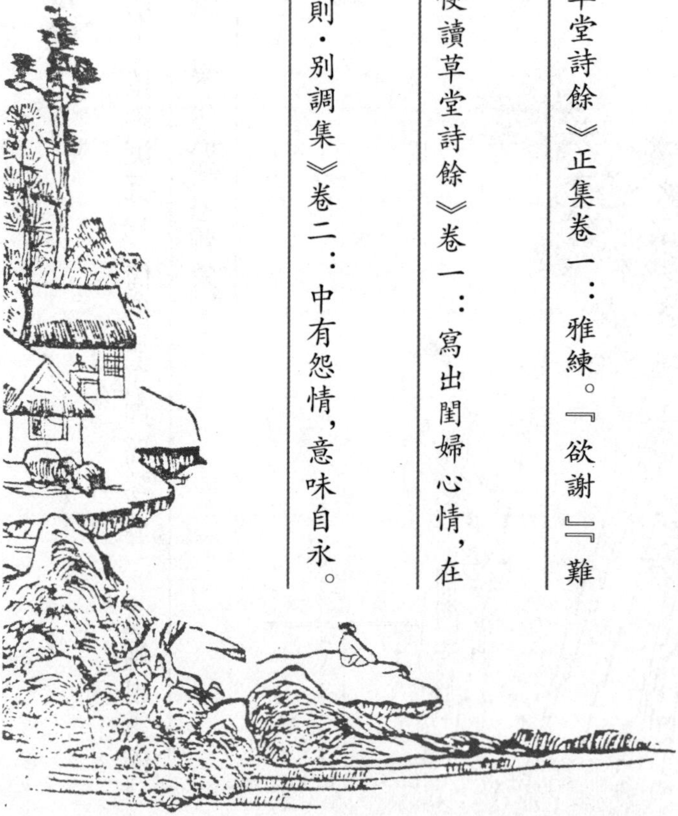

浣溪沙

髻子傷春慵更梳。晚風庭院落梅初。淡雲來往月疏疏①。玉鴨②熏爐閑瑞腦，朱櫻斗帳③掩流蘇。遺犀④還解辟寒無？

【注釋】

①疏疏：朦朧貌。②玉鴨：瓷製鴨形香爐。③朱櫻：深紅色。斗帳：小帳子，形狀像倒置的斗，所以叫斗帳。④犀：犀牛角，中有白線貫通兩端，挂在帳幃上，使其不因風而動，有辟寒之意。

【輯評】

明·沈際飛《草堂詩餘》續集卷上：話頭好。淵然。

清·周濟《介存齋論詞雜著》：閨秀詞惟清照最優，究苦無骨。存一篇尤清出者。

清·譚獻《復堂詞話》：易安居士獨此篇有唐調，選家爐冶，遂標此奇。

清·陳廷焯《雲韶集》卷十評『淡雲』句：清麗之句。評下結：宛約。又《詞則·別調集》：結句沉着。

【附】

清·王士禛《浣溪沙·春閨·和〈漱玉詞〉》：奩畔豪犀閑不梳。新粧纔罷曉寒初。曲欄花影日扶疏。　金鴨暖香消柱蠹，夜蟬輕翅上桃蘇。問郎曾解畫眉無？

點絳唇

寂寞深閨，柔腸一寸愁千縷。惜春春去，幾點催花雨。倚遍闌干，只是無情緒。人何處？連天芳樹，望斷歸來路。

【輯評】

明·茅暎《詞的》：易安往矣，不可復得，每作詞時，爲酬一杯酒。

明·錢允治《續選草堂詩餘》：草滿長途，情人不歸，空攬寸腸耳。

明·沈際飛《草堂詩餘》續集卷上：簡當。

明·陸雲龍《詞菁》卷一：淚盡箇中。

清·陳廷焯《雲韶集》卷十：情詞並勝，神韵悠然。

【附】

清·王士禛《點絳脣·春詞·和〈漱玉韻〉》：水滿春塘，柳綿又蘸黃金縷。燕兒來去，陣陣梨花雨。情似黃絲，歷亂難成緒。凝眸處，白蘋青草，不見西洲路。

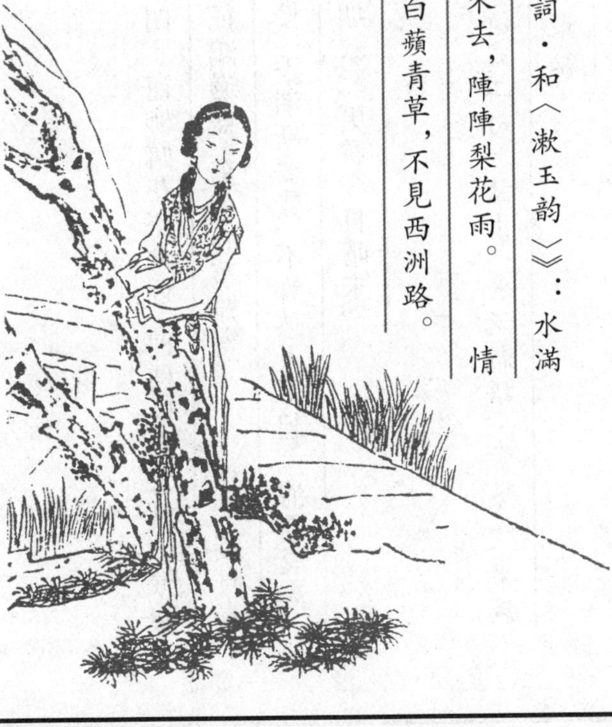

念奴嬌

蕭條庭院，又斜風細雨，重門須閉。寵柳嬌花寒食近，種種惱人天氣。險韵詩成，扶頭酒醒，別是閑滋味。征鴻過盡，萬千心事難寄。　樓上幾日春寒，簾垂四面，玉闌干慵倚①。被冷香消新夢覺，不許愁人不起。清露晨流，新桐初引②，多少遊春意。日高烟斂③，更看今日晴未？

【注釋】

①倚欄：凝望懷人意。②清露二句：語出《世説新語·賞譽》，早晨清新美好的景象。③斂：收攏，聚集。

【輯評】

宋・黄昇《花庵詞選》卷十：前輩嘗稱易安『緑肥紅瘦』爲佳句，余謂此篇『寵柳嬌花』之句，亦甚奇俊，前此未有能道之者。

明・楊慎批點《草堂詩餘》卷四：情景兼至，名媛中自是第一。又《詞品》卷一：李易安詞『清露晨流，新桐初引』，乃全用《世説》語。女流有此，在男子亦秦、周之流也。

明・李攀龍《草堂詩餘雋》卷一眉批：心事有萬千，豈征鴻可寄？新夢，不知夢何事。　評語：心事托之新夢，言有寄而情無方，玩之自有意味。

上是心事，難以言傳，下是新夢，可以意會。

明・王世貞《弇州山人詞評》：『寵柳嬌花』，新麗之甚。

清・彭孫遹《金粟詞話》：李易安『被冷香消新夢覺，不許愁人不起』『守著窗兒，獨自怎生得黑』，皆用淺俗之語，發清新之思，詞意並工，閨情絶調。

清・黃蘇《蓼園詞選》：只寫心緒落寞，遇寒食更難遣耳。陡然而起，便爾深邃。至前段云『重門須閉』，後段云『不許不起』，一開一合，情各戛戛生新。起處雨，結句晴，局法渾成。

清·陳廷焯《詞則·別調集》卷二眉批：婉轉凄凉。情餘言外。

清·張德瀛《詞徵》：李易安《百字令》詞用《世説》，亭然以奇，別出機杼。

【附】

清·王士禛《念奴嬌·和〈漱玉詞〉》：疏風嫩雨，正撩人時節，屠蘇深閉。幾日園林春漸老，偏是鶯聲花氣。紅友樽殘，青奴夢醒，寂寞渾無味。關山萬里，飄摇尺素誰寄？　香閣曲曲迴欄，殘朱零落，都爲傷春倚。厭説鴛鴦還待闕，繡被朝朝孤起。額淺鴉黄，眉銷螺碧，彈盡相思意。春來情思，小姑將次知未？

清・彭孫遹《念奴嬌・和〈漱玉詞〉》：深閨岑寂，見朱扉曲曲，銅龍雙閉。坐覺春陰寒尚峭，不斷氤氳爐氣。遠岫低雲，濃花著雨，可是伊風味。紅箋小疊，此情何處相寄？　朝暮鎮是無聊，湘娥淚濕，空向花枝倚。病裏腰肢慵似柳，盡日三眠三起。芍藥欄前，清和時候，約訴纏綿意。眼看春盡，那人應是歸未？

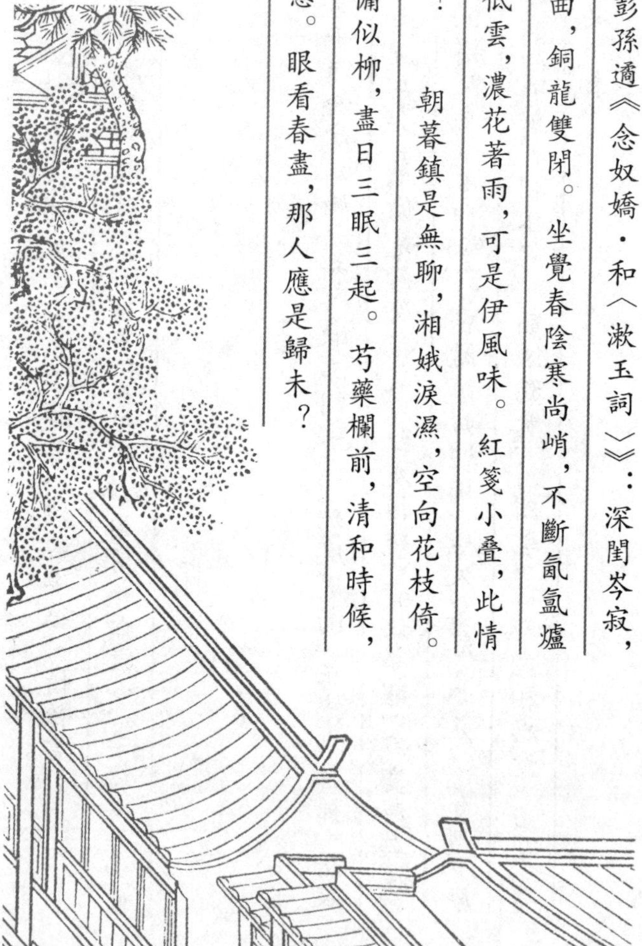

木蘭花令

沉水①香消人悄悄，樓上朝來寒料峭。春生南浦②水微波，雪滿東山③風未掃。金尊莫訴連壺倒，捲起重簾留晚照。爲君欲去更凭欄，人意不如山色好。

【注釋】

①沉水：沉香，香料名。②南浦：南面的水邊，常用稱送别之地。③東山：謝安早年曾辭官隱居會稽東山，後因以『東山』爲典，指隱居或游憩之地。

蝶戀花

暖雨和風初破凍。柳眼梅腮[1]，已覺春心動。酒意詩情誰與共？淚融殘粉花鈿[2]重。

乍試夾衫金縷縫，山枕[3]斜攲，枕損釵頭鳳。獨抱濃愁無好夢，夜闌猶剪燈花弄。

【注釋】

①柳眼：早春初生的柳葉如人眼初展，因以爲稱。梅腮：指梅花待放之苞。美如婦女之頰，故稱。②花鈿：用金翠珠寶製成的花形首飾。③山枕：枕頭。古代枕頭多用木、瓷等製作，中凹，兩端突起，其形如山，故名。

【輯評】

明《古今詞統》卷九徐士俊評：此媛手不愁無香韻。近言遠，小言至。

【附】

清·王士禛《蝶戀花·和〈漱玉詞〉》：涼夜沉沉花漏凍。欹枕無眠，漸覺荒雞動。此際閑愁郎不共。月移窗隙春寒重。憶共錦裯無半縫。郎似桐花，妾似桐花鳳。往事迢迢徒入夢，銀箏斷絕連珠弄。

蝶戀花

昌樂館寄姊妹

淚揾①征衣脂粉暖。四疊《陽關》，唱了千千遍。人道山長水又斷，蕭蕭微雨聞孤館。　惜别傷離方寸亂。忘了臨行，酒琖深和淺。若有音書憑過雁，東萊不似蓬萊遠②。

【注釋】

①揾：擦，拭。②東萊：地名，又稱萊州、掖縣。趙明誠曾爲萊州知縣，此首應爲清照隨明誠往萊州，途中宿昌樂驛館，寄家鄉姐妹所作。蓬萊：傳説中的仙山之一。

殢人嬌

後庭梅開有感

玉瘦①香濃，檀深②雪散。今年恨、探梅又晚。江樓楚館，雲閑水遠。清晝永，憑欄翠簾低捲。

坐上客來，尊中酒滿。歌聲共、水流雲斷。南枝③可插，更須頻剪。莫直待、西樓數聲羌管④。

【注釋】

①玉：梅花。玉瘦意謂梅花漸敗。②檀：檀香梅，色如紫檀，花密香濃。③南枝：借指梅花。④西樓：北方遼地名。羌管：北方少數民族吹奏樂器。此處意指金兵將南下，形勢緊迫。

蝶戀花

上巳召親族

永夜厭厭①歡意少，空夢當時，認取長安道。爲報今年春色好，花光月影宜相照。

隨意杯盤雖草草，酒美梅酸，恰稱人懷抱。醉莫插花花莫笑，可憐春似人將老。

【注釋】

①永夜：長夜。厭厭：同懨懨，精神萎靡的樣子。

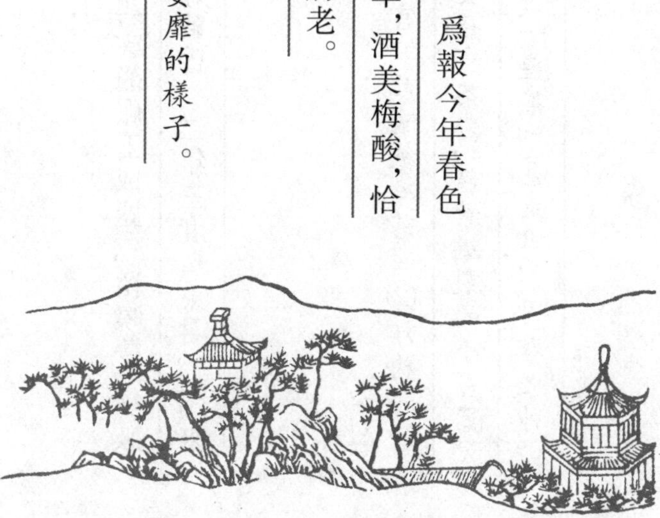

小重山

春到長門①春草青，江梅些子破②，未開勻。碧雲籠碾玉成塵③，留曉夢，驚破一甌雲④。

花影壓重門，疎簾鋪淡月，好黄昏。二年三度負東君⑤，歸來也，著意⑥過今春。

【注釋】

①長門：長門宮，漢代陳皇后所居冷宮。此喻被冷落。②江梅：一種野生梅花。些子：少許，一點兒。③碧雲籠：茶器，篛葉編製的小籠器。碾玉成塵：指將茶碾碎待用。④一甌雲：一盞茶。⑤東君：司春之神。⑥著意：留意，仔細，好好（地）。

添字醜奴兒

芭蕉

窗前誰種芭蕉樹？陰滿中庭①。陰滿中庭。葉葉心心舒卷有餘情。傷心枕上三更雨，點滴凄清。點滴凄清。愁損北人②不慣起來聽。

【注釋】

①中庭：庭院之中。②北人：北方人。此爲清照南渡後所做，故自稱『北人』。

青玉案

用黃山谷韵

征鞍不見邯鄲路，莫便匆匆歸去。秋□①蕭條何以度？明窗小酌，暗燈清話，最好留連處。

相逢各自傷遲暮。猶把新詞誦奇句。鹽絮家風②人所許。如今憔悴，但餘雙淚，一似黃梅雨③。

【注釋】

①秋□：一作『秋正』，一作『秋風』。②鹽絮家風：指家庭有文化傳統。《世説新語》記載，東晋宰相謝安『寒雪日内集，與兒女講論文義。俄而雪驟，公欣然曰：「白雪紛紛何所似？」兄子胡兒（謝朗）曰：「撒鹽空中差可擬。」兄女（謝道韞）曰：「未若柳絮因風起。」公大笑樂』。③黄梅雨：我國江南地區六月中下旬至七月下旬連續的陰雨天氣，此時正是梅子的成熟期，故稱『梅雨』。此處意喻滴瀝不停。

【考釋】

徐培均《李清照集箋注》案：『用山谷韵』，即『至宜州次韵上酬七兄』一首，山谷實乃用賀鑄《横塘路》（即《青玉案》）韵。

【附】

黃庭堅《青玉案·至宜州次韵上酬七兄》：烟中一線來時路。極目送、歸鴻去。第四陽關雲不度。山胡新囀，子規言語。正在人愁處。憂能損性休朝暮。憶我當年醉時句。（舊詩云：『我自只如常日醉，滿川風月替人愁。』）渡水穿雲心已許。暮年光景，小軒南浦。同捲西山雨。

賀鑄詞《横塘路》（即《青玉案》）：凌波不過横塘路。但目送、芳塵去。錦瑟年華誰與度？月臺花榭，瑣窗朱户，只有春知處。碧雲冉冉蘅皋暮。彩筆新題斷腸句。試問閑愁都幾許？一川烟草，滿城風絮，梅子黃時雨。

鷓鴣天

寒日蕭蕭上鎖窗①，梧桐應恨夜來霜。酒闌更喜團茶②苦，夢斷偏宜瑞腦香。
秋已盡，日猶長，仲宣③懷遠更凄涼。不如隨分④尊前醉，莫負東籬⑤菊蕊黃。

【注釋】

①鎖，通瑣。瑣窗，雕花窗。②團茶：宋代時用圓模做成的茶餅。③仲宣：王粲，字仲宣，三國時期魏國人。作《登樓賦》，有『登茲樓以四望兮……雖信美而非吾土兮，曾何足以少留』之語，清照以此自況，懷念故土。④隨分：隨意，任意。⑤東籬：菊圃，種菊之處，語出陶淵明詩：『采菊東籬下，悠然見南山。』

菩薩蠻

歸鴻聲斷殘雲碧，背窗①雪落爐烟直。燭底鳳釵明，鳳頭人勝②輕。 角聲催曉漏，曙色回牛斗③。春意看花難，西風留舊寒。

【注釋】

①背窗：人影背窗，指燈光黯淡。②人勝：人形的飾物。舊俗于正月初七人日用之。③牛斗：牛宿和斗宿。回牛斗意謂天色將明。

臨江仙

歐陽公作《蝶戀花》，有『庭院深深深幾許』之句，予酷愛之。用其語作『庭院深深』數闋，其聲蓋即舊《臨江仙》也。

庭院深深深幾許，雲窗霧閣常扃①。柳梢梅萼漸分明。春歸秣陵樹，人老建康城②。

感月吟風多少事，如今老去無成，誰憐憔悴更凋零。燈花空結蕊，離別共傷情。

【注釋】

①雲窗：華美的窗子；霧閣：高閣。指女子的居所。扃：關閉。②秣陵、建康，皆爲南京别稱。

【附】

歐陽修原詞：庭院深深深幾許。楊柳堆烟，簾幕無重數。玉勒雕鞍遊冶處。樓高不見章臺路。雨横風狂三月暮。門掩黄昏，無計留春住。淚眼問花花不語。亂紅飛過鞦韆去。

歐詞一説爲晚唐五代馮延巳作。

臨江仙

庭院深深深幾許，雲窗霧閣春遲。爲誰憔悴損芳姿。夜來清夢好，應是發南枝。　玉瘦檀輕無限恨，南樓羌管休吹。濃香吹盡有誰知。暖風遲日也，別到杏花時。

訴衷情

枕畔聞梅香

夜來沉醉卸妝遲，梅萼插殘枝。酒醒熏破春睡，夢斷不成歸。　人悄悄，月依依，翠簾垂。更挼殘蕊，更撚餘香，更得些時。

【輯評】

清·況周頤《漱玉詞箋》：玉梅詞隱云：《漱玉詞》屢用疊字，『尋尋覓覓，冷冷清清，凄凄慘慘戚戚』，最爲奇創。又『庭院深深深幾許』，又『更挼殘蕊，更撚餘香，更得些時』……疊法各异，每疊必佳，皆是天籟，肆口而成，非作意爲之也。

滿庭芳

殘梅

小閣藏春，閑窗鎖晝，畫堂無限深幽。篆香①燒盡，日影下簾鈎。手種江梅漸好，又何必臨水登樓。無人到，寂寥恰似，何遜在揚州②。從來知韵勝③，難禁雨藉，不耐風揉。更誰家横笛，吹動濃愁④。莫恨香消玉減，須信道、掃跡情留。難言處，良宵淡月，疏影尚風流。

【注釋】

①篆香：即盤香。②何遜：南朝梁時人。曾在揚州做官，官衙内有一枝梅花，何遜吟咏其下。回到洛陽後思念梅花，請求再去赴任。到達揚州，正當梅花盛放，何遜對花彷徨。③韵勝：氣韵風致勝過群花。④横笛：演奏中有《梅花落》一曲，意凄悲。

浣溪沙

淡蕩、春光寒食天，玉爐沉水裊殘烟。夢回山枕隱花鈿。

海燕②未來人鬭草，江梅已過柳生綿。黄昏疏雨濕秋千。

【注釋】

①淡蕩：散淡，悠閑自在。②海燕：燕子的別稱。古人認爲燕子産于南方，須渡海而至，故名。

【輯評】

清·黄蘇《蓼園詞選》：『黄昏疏雨濕秋千』，可與『絲雨濕流光』、『波底夕陽紅濕』『濕』字争勝。（按：『絲雨』句出晚唐馮延巳《南鄉子》詞；『波底』句出南宋趙彦端《謁金門》詞。）

山花子

病起蕭蕭①兩鬢華，卧看殘月上窗紗。豆蔻連梢煮熟水，莫分茶②。枕上詩書閑處好，門前風景雨來佳。終日向人多蘊藉，木樨花③。

【注釋】

①蕭蕭：冷落凄清貌。②豆蔻：此處爲植物名，形似芭蕉，可入藥，治瘧疾。分茶：宋元時煎茶之法。注湯後用箸攪茶乳，使湯水波紋幻變成種種形狀。可視爲一種閑情游戲。此句意謂自己老病在身，如今煮水是爲了煎豆蔻湯治病，没了閑情游戲的心情。③木樨：桂花。古人認爲病中看桂花，能怡情養性。蘊藉：指桂花品格温雅。

浪淘沙

簾外五更風，吹夢無蹤。畫樓重上與誰同？記得玉釵斜撥火，寶篆成空①。回首紫金峰②，雨潤烟濃。一江春浪醉醒中。留得羅襟前日淚，彈與征鴻。

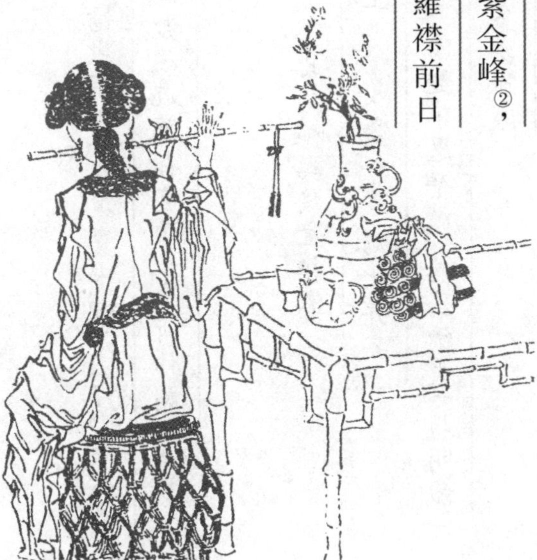

【注釋】

①寶篆：即篆香。句謂往事在記憶中明晰，在現實中却是幻滅無法重尋。②紫金峰：在鎮江，此約是清照南渡後流落在江南一帶所作詞。

【輯評】

明·錢允治《續選草堂詩餘》卷上：此詞極與後主相似。

明·沈際飛《草堂詩餘續集》卷上：『吹夢』奇，幻化异妄。

清·陳廷焯《白雨齋詞話》卷二：凄艷不忍卒讀，其爲德夫（趙明誠）作乎？又《雲韶集》卷十：情詞凄絶，多少血淚。

清·况周頤《漱玉詞箋》：玉梅詞隱云：悼亡詞也。其清才也如彼，其深情也如此。

孤雁兒

世人作梅詞，下筆便俗。予試作一篇，乃知前言不妄耳。

藤床紙帳①朝眠起。説不盡，無佳思。沉香烟斷玉爐寒，伴我情懷如水。笛聲三弄，梅心驚破，多少春情意。　小風疏雨瀟瀟地，又催下千行淚。吹簫一去②玉樓空，腸斷與誰同倚？一枝折得，人間天上，没箇人堪寄。

【注釋】

①紙帳：以藤皮繭紙縫製的帳子。據明高濂《遵生八箋》卷八記載，其製法爲：『用藤皮繭紙纏于木上，以索纏緊，勒作皺紋，不用糊，以綫折縫縫之。頂不用紙，以稀布爲頂，取其透氣。』②吹簫一去：指趙明誠逝世。

清平樂

年年雪裏，常插梅花醉。挼盡梅花無好意，贏得滿衣清淚。　今年海角天涯，蕭蕭兩鬢生華。看取晚來風勢①，故應難看梅花。

【注釋】

①晚來風勢：有當時金人入侵，形勢危急之意。

漁家傲

天接雲濤連曉霧，星河[1]欲渡千帆舞。彷彿夢魂歸帝所，聞天語，殷勤問我歸何處？　我報路長嗟日暮，學詩漫有驚人句。九萬里風鵬正舉。風休住，蓬舟吹取三山去[2]。

【注釋】

①星河：銀河。②蓬舟：謂輕快如蓬草的小舟。三山：傳説中海上的三座神山，蓬萊、方丈、瀛洲。

【輯評】

清·黄蘇《蓼園詞選》：此似不甚經意之作，却渾成大雅，無一毫釵粉氣，自是北宋風格。

清·陳廷焯《詞則·別調集》卷二：有出世之想，筆意矯變。

【附】

清·王士禛《漁家傲·本意·和〈漱玉詞〉》：南湖西塞花如霧。我歌銅斗樵青舞。醉後放舟忘處所，鳧鷗語。覺來已是烟深處。蒲葉藕花相映暮。援琴更鼓瀟湘句。曲罷月明風葉舉。誰同住？琴高約我蓬瀛去。

菩薩蠻

風柔日薄春猶早，夾衫乍著①心情好。睡起覺微寒，梅花鬢上殘。故鄉②何處是？忘了除非醉。沉水卧時燒，香消酒未消。

【注釋】

①乍著：初穿。②故鄉：指清照的故鄉山東濟南一帶。

【輯評】

清·况周頤《漱玉詞箋》：俞仲茅云：……『沉水卧時燒，香消酒未消』，亦宕開，亦束住，何等蘊藉。

好事近

風定落花深，簾外擁紅堆雪①。長記海棠開後，正傷春時節。酒闌歌罷玉尊空，青缸②暗明滅。魂夢不堪幽怨，更一聲啼鴂③。

【注釋】

①擁紅堆雪：指海棠團簇。②青缸：燈燭。缸：燈盞。③啼鴂：又稱鶗鴂，此處指杜鵑，懷歸之意。

長壽樂

南昌生日①

微寒應候，望日邊、六葉堦蓂初秀②。愛景欲掛扶桑，漏殘銀箭，杓回摇斗③。慶高閎此際，掌上一顆明珠剖④。有令容淑質，歸逢佳偶⑤。到如今，晝錦滿堂貴胄⑥。

榮耀，文步紫禁，一一金章緑綬⑦。更值棠棣⑧連陰，虎符熊軾⑨，夾河分守。况青雲咫尺，朝暮重入承明後⑩。看綵衣争獻，蘭羞玉酎⑪。祝千齡，借指松椿比壽。

【注釋】

①南昌：此處爲南昌夫人，韓肖胄母文氏。②日邊：指在帝王身邊。蓂：一種植物，古人種在堦前以記日。③愛景：指冬日。漏殘銀箭：更漏將盡，東方欲曉。杓回摇斗：北斗星座斗柄北指，冬日來臨。此數句都是

南昌夫人出生在冬日的美稱。④高閎：高大的門，指門第顯貴。掌上：指被珍愛的女兒。⑤令容：美好的儀容。淑質：賢淑的氣質。歸：出嫁。⑥南昌夫人文氏之夫韓治的祖父韓琦，守相州，作『晝錦堂』，歐陽修爲其作記。韓治官至太僕少卿，亦知相州，作『榮歸堂』。逝後其子韓肖胄繼知相州，又作『榮貴堂』。三世守鄉郡，人以爲榮。⑦金章：金色大印。緑綬：緑色綬帶。指封官拜相。⑧棠棣：自家兄弟。⑨虎符：兵符。熊軾：車前横木，指代公卿、郡守。⑩青雲咫尺：指很快就會高升。承明：漢時有承明廬，侍臣居所。指受到皇帝的重用，早晚朝見。⑪綵衣：用老萊子綵衣娱親事，指子女孝順。蘭羞玉酎：珍貴的菜肴和美酒。

富貴百齡

李清照集

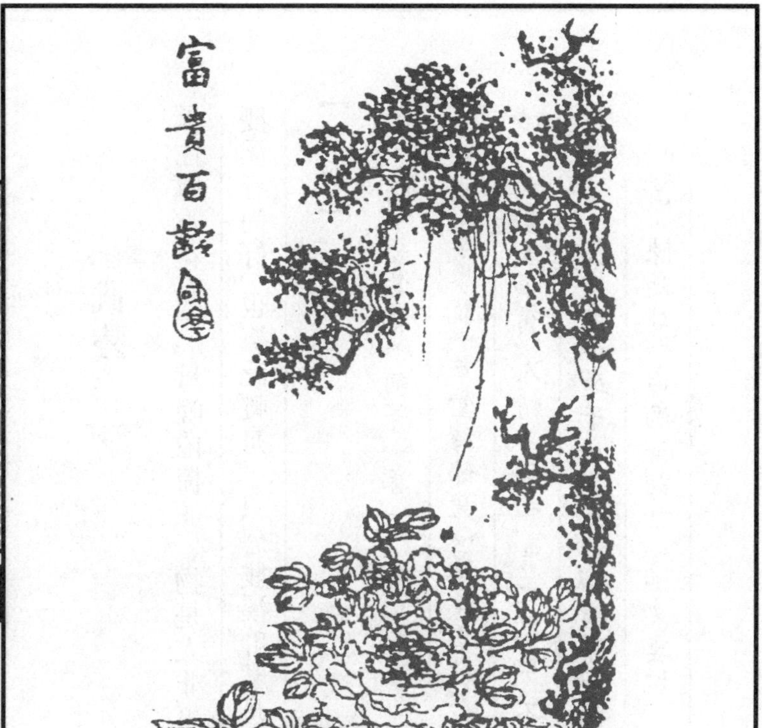

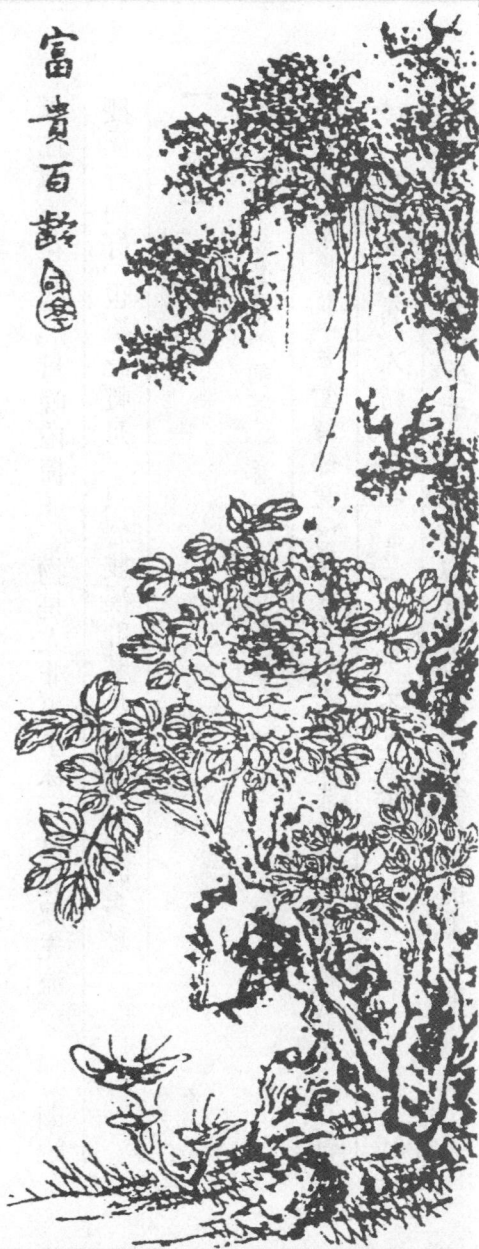

武陵春

風住塵香花已盡，日晚倦梳頭。物是人非事事休。欲語淚先流。　聞説雙溪春尚好，也擬泛輕舟。只恐雙溪舴艋舟，載不動、許多愁。

【輯評】

明·陸雲龍《詞菁》卷一：愁如海。

明·李攀龍《草堂詩餘雋》卷二眉批：未語先淚，此怨莫能載矣。評語：景物尚如舊，人情不似初，言之于邑，不覺淚下。

清·吴衡照《蓮子居詞話》：悲深婉篤，猶令人感伉儷之重。

清·陳廷焯《白雨齋詞話》：又凄婉，又勁直。

轉調滿庭芳

芳草池塘，緑陰庭院，晚晴寒透窗紗。玉鈎金鏁，管是客來唦①。寂寞尊前席上，惟愁海角天涯。能留否？酴醾落盡，猶賴有梨花。

當年、曾勝賞②，生香薰袖③，活火分茶。極目猶龍驕馬，流水輕車。不怕風狂雨驟，恰才稱，煮酒殘花④。如今也，不成懷抱，得似舊時那？

【注釋】

①管是：定是，準是。吵：語助詞，了，也。②勝賞：盡興遊賞。③生香：上等好香。薰袖：指肘後帶有香囊。此數句言北宋當時的繁盛景象和自己適意的生活。④殘：當爲『殘』，此句謂對酒咏花。

永遇樂

元宵

落日鎔金，暮雲合璧，人在何處？染柳烟濃，吹梅笛怨，春意知幾許。元宵佳節，融和天氣，次第①豈無風雨？來相召，香車寶馬，謝他酒朋詩侶。

中州盛日，閨門多暇，記得偏重三五。鋪翠冠兒，撚金雪柳②，簇帶爭濟楚③。如今憔悴，風鬟霜鬢，怕見夜間出去。不如向，簾兒底下，聽人笑語。

【注釋】

①次第：此處意謂『接着』。②撚金雪柳：元宵節的婦女佩戴的裝飾。③簇：聚集。帶：通『戴』。濟楚：宋時方言，整潔美好貌。

【輯評】

宋·張端義《貴耳集》卷上：易安居士李氏，趙明誠之妻，《金石録》亦筆削其間。南渡以來，常懷京、洛舊事。晚年賦《元宵·永遇樂》詞云：『落日鎔金，暮雲合璧。』已自工緻。至于『染柳烟濃，吹梅笛怨，春意知幾許』，氣象更好。後疊云：『于今憔悴，風鬟霜鬢，怕見夜間出去。』皆以尋常語度入音律。鍊句精巧則易，平淡入調者難。

宋·張鑑《擬姜白石傳》：李易安『落日』『暮雲』，慮周而藻密。綜述性靈，敷寫氣象，蓋駸駸乎大雅之林矣。

宋·張炎《詞源》卷下《節序》：此詞亦自不惡，而以俚詞歌于坐花醉月之際，似乎擊缶韶外，良可歎也。

吴梅《詞學通論》第七章：大抵易安諸作，能疏俊而少沉着，即如《永遇樂·元宵》詞，人咸謂絶佳。此事感懷京、洛，須有沉痛語方佳。詞中如『如今憔悴，風鬟霧鬢，怕向花間重去』，固是佳語，而上下文皆不稱。上云：『鋪翠冠兒，撚金雪柳，簇帶争濟楚。』下云：『不如向，簾兒底下，聽人笑語。』皆太質率，明者自能辨之。

怨王孫

夢斷漏悄①，愁濃酒惱。寶枕生寒，翠屏向曉。門外誰掃殘紅，夜來②風。

玉簫聲斷人何處？春又去，忍把歸期負。此情此恨，此際擬托行雲，問東君。

【注釋】

①漏悄：更漏聲静悄悄，夜盡天明。②夜來：昨夜。

【輯評】

明·李攀龍《草堂詩餘雋》卷二眉批：風掃殘紅，何等空寂！一結無限情恨，猶有意味。

評語：寫情寫景，俱形容春暮時光，詞意俱到。

明・董其昌《便讀草堂詩餘》卷三：此詞形容春暮，語意俱到。

明・李廷機《草堂詩餘評林》卷一：形容春暮，情詞俱到。以風掃殘紅，妙在此句。

明・潘游龍《古今詩餘醉》卷二：换韵之妙，無逾此調。

明・沈際飛《草堂詩餘》正集卷一：通篇四换韵，有兔起鶻落之致。『春又去』接遞妙。

【附】

清・王士禛《怨王孫・和〈漱玉詞〉》：畫閣清悄，情思懊惱。旅雁生秋，哀蛩饒曉。葉底漸减蕉紅，怯西風。

鶯花步步郎行處。將夢去，歡忍儂相負。樓頭望斷，千里思化髻雲，遠隨君。

山花子

揉破黃金①萬點明，剪成碧玉葉層層。風度精神如彥輔②，太鮮明。梅蕊重重何俗甚，丁香千結苦粗生。熏透愁人千里夢，却無情。

【注釋】

①黃金：這裏指桂花。②彥輔：樂廣，字彥輔，西晉人。《晉書》記載其『性沖約，有遠識，寡嗜欲，與物無競』。

聲聲慢

尋尋覓覓，冷冷清清，悽悽慘慘戚戚。乍暖還寒時候，最難將息①。三杯兩盞淡酒，怎敵他、晚來風急。雁過也，正傷心，却是舊時相識。滿地黄花堆積，憔悴損，如今有誰堪摘②？守著③窗兒，獨自怎生得黑。梧桐更兼細雨，到黄昏、點點滴滴。這次第④、怎一箇、愁字了得！

【注釋】

①將息：保重，安養。②堪摘：一作忺摘。③守著：一作守住。④這次第：猶言這情形。

【輯評】

宋·張端義《貴耳集》：本朝非無能詞之士，未曾有一下十四疊字者，用《文選》諸賦格。後疊又云『梧桐更兼細雨，到黄昏、點點滴滴』，又使疊字，俱無斧鑿痕。更有一奇字云『守定窗兒，獨自怎生得黑』，『黑』字不許第二人押。婦人中有此文筆，殆間氣也。

明·楊慎《詞品》卷二：《聲聲慢》一詞，最爲婉妙。……山谷（黄庭堅）所謂以故爲新，以俗爲雅者，易安先得之矣。

明·茅暎《詞的》卷四：連用十四疊字，後又四疊字，情景婉絶，真是絶唱！

明《古今詞統》卷十二徐士俊評：才一斛，愁千斛，雖六斛明珠，何以易之！

清·徐釚《詞苑叢談》卷三：首句連下十四箇疊字，真如大珠小珠落玉盤也！

清·劉體仁《七頌堂詞繹》：易安居士『最難將息』『怎一箇愁字』，深穩妙雅，不落蒜酪，亦不落絶句，真此道本色當行第一人也！

清·彭孫遹《金粟詞話》：用淺俗之語，發清新之思，詞意並工，閨情絶調。

清·萬樹《詞律》卷十：蓋其遒逸之氣，如生龍活虎，非描塑可擬。其用字奇横而不妨音律，故卓絶千古。人皆不及其才而故學其筆，則未免類狗矣。觀其用上聲入聲，如慘字、戚字、盞字、點字、滴字等，原可作平，故能諧協，非可泛用仄字而以去聲填入也。其前結『正傷心，却是舊時相識』，于心字豆句，然于上五下四者原不拗，所謂此九字一氣貫下也。後段第二、三句『憔悴損，如今有誰忺摘』，句法亦然。

清・鄧廷楨《雙硯齋詞話》：《聲聲慢》一闋，純作變徵之音，發端連用十四疊字，直是前無古人！後闋云：『守著窗兒，獨自怎生得黑？』押『黑』字尤爲險絶。閨襜得此，可稱才雄。

清・周濟《宋四家詞選・序論》：李易安之『淒淒慘慘戚戚』，三疊韻，六雙聲，是鍛鍊出來，非偶然拈得也。

清・陳廷焯《詞則・大雅集》卷四：造句甚奇，並非高調。後半闋愈唱愈妙。結句亦峭甚。

清・梁啓超《中國韻文裏頭所表現的情感》：這首詞寫從早到晚一天的實感。那種煢獨悽惶的景況，非本人不能領略；所以一字一淚，都是咬着牙根咽下。

【附】

清・王士禛《聲聲慢・和〈漱玉詞〉》：蛛迷楚館，雁去秦樓，情懷不禁慘戚。帶雨寒蛩，窗外似聞歎息。錦衾斗帳人遠，枉怨它、西風寒急。更漏盡，夢難成，畢竟自情誰識。畫尺寶奩塵積。冷落盡，枝上殘紅如摘。倦枕鬟鬆，空似鴉翎剪黑。裴回那成好夢，但鮫人、只有淚滴。恁打算、那人去，怎是少得。

附録一 易安詩文

【編者按】

易安居士不惟詞作在文學史上享有盛名，其詩文創作亦有所成就，別有一番士大夫的情懷和胸襟，生動地展示了她的情感歷程和生命歷程。這裏收録了五篇文章和四首詩歌。

其中《金石録後序》是易安爲亡夫趙明誠的遺著《金石録》付梓而作，可以看做是一篇身世自述。文章記叙夫婦倆早年的生活嗜好，節衣縮食收集金石古玩。後戰亂至，散失殆盡。通過文物古籍聚散的命運寫出了國破家亡時作者顛沛流離的悲慘遭遇。表達了作者悼念死者，追思家珍的情感。同時也反映了外敵侵入，朝廷腐敗，給百姓帶來的苦難不幸。此文風格清新，詞采俊逸，感情曲折宛轉，語言細密流暢，更具有珍貴的史料價值。

《詞論》則是闡述自己的文學觀點的詞學專作，通過對詞體産生、流變，以及其對北宋詞壇諸家的批評，提出詞别是一家，而非『詩餘』，應與詩在文學創作中享有同樣重要的地位。

《打馬圖經序》與《打馬賦》則爲閑情之作，『打馬』是宋代閨閣中較爲盛行的一種賭博游戲，易安早期生活安逸，愛好博弈，南渡之後寄居金華其間，稍有閑暇，于是追思往事，叙其原委。但研究者也普遍認爲這兩篇文章并非單純的閑情之作，在《打馬賦》中，作者大量引用歷史上名臣良將的典故，狀寫金戈鐵馬、揮師疆場的氣勢，譴責宋室的無能，文末直抒自己烈士暮年的壯志：『木蘭横戈好女子，老矣不復志千里。但願相將過淮水！』

《投翰林學士綦崈禮啓》是對綦崈禮援救得以身脱囹圄表示感激的一封答謝信。可以看做是所謂『改嫁』之後的身世自述。文中叙述了自己受騙再嫁的慘痛經歷，表達了懊悔的心情。此文在歷代詞論家和研究者中稍有争議，有人認爲這是一篇僞作，而易安實際并未改嫁。今存録于此，供讀者朋友們欣賞。

《烏江》和《咏史》是兩首膾炙人口的絶句，表現了詩人赤忱的愛國之心，借古嘲今，對于在民族危難之際保持民族氣節的人士給予贊揚和肯定。

《浯溪中興頌詩和張文潛》二首亦是借古諷今之作。《浯溪中興頌碑》是唐大曆年間爲頌揚平定安史之亂而刻于祁陽浯溪的摩崖碑，碑文由元結撰文，顔真卿書寫。相傳北宋學士張耒（文潛）曾于此碑賦詩，易安即和其韵而作，詩中不僅將腐化昏聵的唐明皇和諸般諂媚誤國的佞臣一同作了鞭撻，總結歷史的教訓，而且影射了北宋末年腐敗的朝政——君主荒淫無能，臣僚爾虞我詐，用借古喻今的方式來對當權者予以勸戒，表現了詩人對北宋末年朝政的擔憂。

金石錄後序

右《金石録》三十卷者何？趙侯德父所著書也。取上自三代，下迄五季，鍾、鼎、甗、鬲、盤、匜、尊、敦之款識，豐碑大碣、顯人晦士之事蹟，凡見于金石刻者二千卷，皆是正譌謬，去取褒貶，上足以合聖人之道，下足以訂史氏之失者皆載之，可謂多矣。嗚呼！自王涯、元載之禍，書畫與胡椒無异；長輿、元凱之病，錢癖與傳癖何殊？名雖不同，其惑一也。

余建中辛巳，始歸趙氏。時先君作禮部員外郎，丞相時作吏部侍郎，侯年二十一，在太學作學生。趙、李族寒，素貧儉，每朔望謁告出，質衣取半千錢，步入相國寺，市碑文果實歸，相對展玩咀嚼，自謂葛天氏之民也。後二年，出仕宦，便有飯疏衣練，窮遐方絶域，盡天下古文奇字之志。日就月將，漸益堆積。丞相居政府，親舊或在館閣，多有亡詩逸史，魯壁、汲冢所未見之書，遂盡力傳寫，浸覺有味，不能自已。後或見古今名人書畫，三代奇器，亦復脱衣市易。嘗記崇寧間，有人持徐熙《牡丹圖》求錢二十萬。當時雖貴家子弟，求二十萬錢，豈易得邪？留信宿，計無所出而還之。夫婦相向惋悵者數日。

後屏居鄉里十年，仰取俯拾，衣食有餘。連守兩郡，竭其俸入，以事鉛槧。每獲一書，即同共校勘，整集籤題。得書畫彝鼎，亦摩玩舒卷，指摘疵病，夜盡一燭爲率。故能紙札精緻，字畫完整，冠諸收書家。余性偶强記，每飯罷，坐歸來堂烹茶，指堆積書史，言某事在某書某卷第幾頁第幾行，以中否角勝負，爲飲茶先後。中即舉杯大笑，至茶傾覆懷中，反不得飲而起。甘心老是鄉矣！雖處憂患貧窮，而志不屈。收書既成，歸來堂起書庫大櫥，簿甲乙，置書册。如要講讀，即請鑰上簿，關出卷帙。或少損污，必懲責揩完塗改，不復向時之坦夷也。是欲求適意而反取憀慄。余性不耐，始謀食去重肉，衣去重采，首無明珠翡翠之飾，室無塗金刺繡之具，遇書史百家字不刓闕、本不譌謬者，輒市之儲作副本。自來家傳《周易》《左氏傳》，故兩家者流，文字最備。于是几案羅列，枕席枕藉，意會心謀，目往神授，樂在聲色狗馬之上。

至靖康丙午歲，侯守淄川。聞金人犯京師，四顧茫然，盈箱溢篋，且戀戀，且悵悵，知其必不爲己物矣。建炎丁未春三月，奔太夫人喪南來。既長物不能盡載，乃先去書之重大印本者，又去畫之多幅者，又去古器之無款識者，後又去書之監本者，畫之平常者，器之重大者。凡屢減去，尚載書十五車。至東海，連艫渡淮，又渡江，至建康。青州故第尚鎖書册什物，用屋十餘間，期明年春再具舟載之。十二月，金人陷青州，凡所謂十餘屋者，已皆爲煨燼矣。

建炎戊申秋九月，侯起復知建康府。己酉春三月罷，具舟上蕪湖，入姑孰，將卜居贛水上。夏五月，至池陽，被旨知湖州，過闕上殿。遂駐家池陽，獨赴召。六月十三日，始負擔，捨舟坐岸上，葛衣岸巾，精神如虎，目光爛爛射人，望舟中告别。余意甚惡，呼曰：『如傳聞城中緩急，奈何？』戟手遥應曰：『從衆。必不得已，先棄輜重，次衣被，次書册卷軸，次古器。獨所謂宗器者，可自負抱，與身俱存亡，勿忘也！』遂馳馬去。途中奔馳，冒大暑，感疾。至行在，病痁。七月末，書報卧病。余驚怛，念侯性素急，奈何！病痁或熱，必服寒藥，疾可憂。遂解舟下，一日夜行三百里。比至，果大服茈胡、黄芩藥，瘧且痢，病危在膏肓。余悲泣，倉皇不忍問後事。八月十八日，遂不起，取筆作詩，絶筆而終，殊無分香賣履之意。

葬畢，余無所之。朝廷已分遣六宫，又傳江當禁渡。時猶有書二萬卷，金石刻二千卷，器皿茵褥可待百客，他長物稱是。余又大病，僅存喘息，事勢日迫，念侯有妹壻任兵部侍郎，從衛在洪州，遂遣二故吏，先部送行李往投之。冬十二月，金人陷洪州，遂盡委棄。所謂連艫渡江之書，又散爲雲烟矣。獨餘少輕小卷軸書帖，寫本李、杜、韓、柳集，《世説》，《鹽鐵論》，漢、唐石刻副本數十軸，三代鼎鼐十數事，南唐寫本書數篋，偶病中把玩，搬在卧内者，巋然獨存。

上江既不可往，又虜勢叵測。有弟迒，任勑局删定官，遂往依之。到台，台守已遁。之剡，出陸，又棄衣被，走黄巖，雇舟入海，奔行朝，時駐蹕章安。從御舟海道之温，又之越。庚戌十二月，放散百官，遂之衢。紹興辛亥春三月，復赴越。壬子，又赴杭。先侯疾亟時，有張飛卿學士，携玉壺過視侯，便携去，其實珉也。不知何人傳道，遂妄言有『頒金』之語，或傳亦有密論列者。余大惶怖，不敢言，亦不敢遂已，盡將家中所有銅器等物，欲赴外廷投進。到越，已移幸四明。不敢留家中，並寫本書寄剡。後官軍收叛卒，取去，聞盡入故李將軍家。所謂巋然獨存者，無慮十去五六矣。惟有書畫硯墨可五七簏，更不忍置他所，常在卧榻下，手自開闔。在會稽，卜居土民鍾氏舍，忽一夕，穴壁負五簏去。余悲慟不得活，重立賞收贖。後二日，鄰人鍾復皓出十八軸求賞，故知其盜不遠矣。萬計求之，其餘遂牢不可出。今知盡爲吴説運使賤價得之。所謂巋然獨存者，乃十去其七八。所有一二殘零不成部帙書册，三數種平平書帖，猶愛惜如護頭目，何愚也邪！

今日忽閲此書，如見故人。因憶侯在東萊静治堂，裝卷初就，芸籤縹帶，束十卷作一帙。每日晚吏散，輒校勘二卷，跋題一卷。此二千卷，有題跋者五百二卷耳。今手澤如新而墓木已拱，悲夫！昔蕭繹江陵陷没，不惜國亡而毁裂書畫；楊廣江都傾覆，不悲身死而復取圖書，豈人性之所著，生死不能忘歟？或者天意以余菲薄，不足以享此尤物邪？抑亦死者有知，猶斤斤愛惜，不肯留人間邪？何得之艱而失之易也？

嗚呼！余自少陸機作賦之二年，至過蘧瑗知非之兩歲，三十四年之間，憂患得失，何其多也！然有有必有無，有聚必有散，乃理之常。人亡弓，人得之，又胡足道。所以區區記其終始者，亦欲爲後世好古博雅者之戒云。

紹興二年玄黓歲，壯月朔甲寅，易安室題。

詞論

樂府聲詩並著，最盛于唐。開元、天寶間，有李八郎者，能歌擅天下。時新及第進士開宴曲江，榜中一名士，先召李，使易服隱名姓，衣冠故敝，精神慘沮，與同之宴所。曰：『表弟願與座末。』衆皆不顧。既酒行樂作，歌者進，時曹元謙、念奴爲冠，歌罷，衆皆咨嗟稱賞。名士忽指李曰：『請表弟歌。』衆皆哂，或有怒者。及轉喉發聲，歌一曲，衆皆泣下。羅拜，曰：『此李八郎也。』自後鄭、衛之聲日熾，流靡之變日煩。已有《菩薩蠻》《春光好》《莎雞子》《更漏子》《浣溪沙》《夢江南》《漁父》等詞，不可遍舉。五代干戈，四海瓜分豆剖，斯文道熄。獨江南李氏君臣尚文雅，故有『小樓吹徹玉笙寒』『吹皺一池春水』之詞。語雖奇甚，所謂『亡國之音哀以思』也。

逮至本朝，禮樂文武大備。又涵養百餘年，始有柳屯田永者，變舊聲，作新聲，出《樂章集》，大得聲稱于世；雖協音律，而詞語塵下。又有張子野、宋子京兄弟，沈唐、元絳、晁次膺輩繼出，雖時時有妙語，而破碎何足名家。至晏元獻、歐陽永叔、蘇子瞻，學際天人，作爲小歌詞，直如酌蠡水于大海，然皆句讀不葺之詩爾。又往往不協音律者。何耶？蓋詩文分平側，而歌詞分五音，又分五聲，又分六律，又分清濁輕重。且如近世所謂《聲聲慢》《雨中花》《喜遷鶯》，既押平聲韵，又押入聲韵；《玉樓春》本押平聲韵，又押上去聲韵，又押入聲。本押仄聲韵，如押上聲則協，如押入聲則不可歌矣。王介甫、曾子固，文章似西漢，若作一小歌詞，則人必絶倒，不可讀也。乃知别是一家，知之者少。後晏叔原、賀方回、秦少游、黄魯直出，始能知之。又晏苦無鋪叙，賀苦少典重。秦即專主情致，而少故實。譬如貧家美女，雖極妍麗豐逸，而終乏富貴態。黄即尚故實，而多疵病，譬如良玉有瑕，價自減半矣。

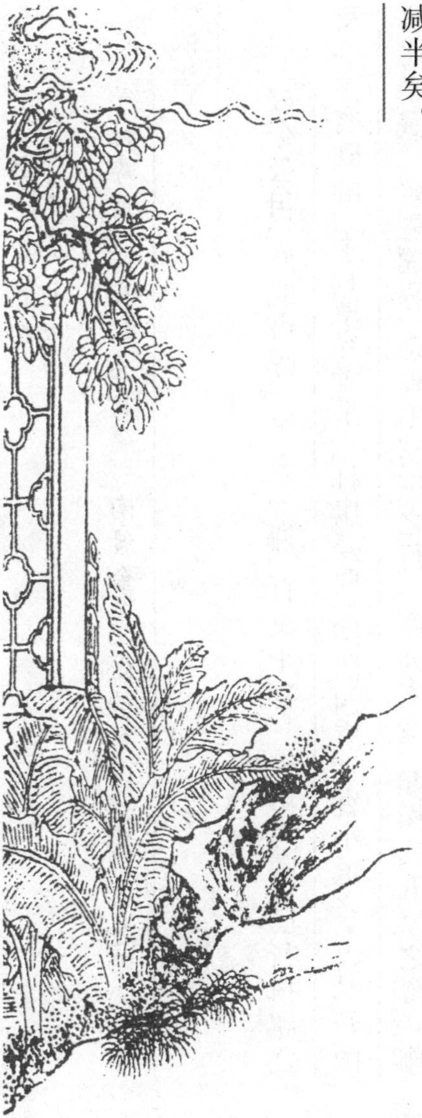

打馬賦

予性專博，晝夜每忘食事。南渡金華，僑居陳氏，講博弈之事，遂作《依經打馬賦》曰：

歲令云徂，盧或可呼。千金一擲，百萬十都。樽俎具陳，已行揖讓之禮；主賓既醉，不有博弈者乎。打馬爰興，摴蒱遂廢。實小道之上流，乃閨房之雅戲。齊驅驥騄，疑穆王萬里之行；間列玄黄，類楊氏五家之隊。珊珊佩響，方驚玉鐙之敲；落落星羅，忽見連錢之碎。

若乃吴江楓冷，胡山葉飛，玉門關閉，沙苑草肥。臨波不渡，似惜障泥。或出入用奇，有類昆陽之戰；或優游仗義，正如涿鹿之師。或聞望久高，脱復庾郎之失；或聲名素昧，便同痴叔之奇。亦有緩緩而歸，昂昂而出。烏道驚馳，蟻封安步。崎嶇峻坂，未遇王良；跼促鹽車，難逢造父。且夫邱陵云遠，白雲在天，心存戀豆，志在著鞭。止蹄黃葉，何异金錢。用五十六采之間，行九十一路之内。明以賞罰，核其殿最。運指麾于方寸之中，決勝負于幾微之外。

且好勝者人之常情，游藝者士之末技。説梅止渴，稍疏奔競之心；畫餅充饑，少謝騰驤之志。將圖實效，故臨難而不迴；欲報厚恩，故知機而先退。或銜枚緩進，已逾關塞之艱；或賈勇爭先，莫悟阱塹之墜。皆由不知止足，自貽尤悔。當知範我之馳驅，忽忘君子之箴佩。況爲之賢已，事實見于正經；用之以誠，義必合于天德。牝乃叶地類之貞，反亦記魯姬之式。鑒髻墮于梁家，溯滸循于岐國。故繞床大叫，五木皆盧；瀝酒一呼，六子盡赤。平生不負，遂成劍閣之師；別墅未輸，已破淮淝之賊。今日豈無元子，明時不乏安石。又何必陶長沙博局之投，正當師袁彥道布帽之擲也。

辭曰：佛貍定見卯年死，貴賤紛紛尚流徙。滿眼驊騮雜騄駬，時危安得真致此？木蘭橫戈好女子！老矣誰能志千里，但願相將過淮水。

打馬圖經序

慧則通，通即無所不達；專則精，精即無所不妙。故庖丁之解牛，郢人之運斤，師曠之聽，離婁之視，大至于堯舜之仁，桀紂之惡，小至于擲豆起蠅，巾角拂棋，皆臻至理者何？妙而已。後世之人，不惟學聖人之道不到聖處；雖嬉戲之事，亦不得其依稀仿佛而遂止者多矣。夫博者，無他，爭先術耳，故專者能之。予性喜博，凡所謂博者皆耽之，晝夜每忘寢食。且平生多寡未嘗不進者何？精而已。

自南渡來，流離遷徙，盡散博具，故罕爲之，然實未嘗忘于胸中也。今年冬十月朔，聞淮上警報，江浙之人，自東走西，自南走北，居山林者謀入城市，居城市者謀入山林，旁午絡繹，莫不失所。易安居士亦自臨安泝流，涉嚴灘之險，抵金華，卜居陳氏第。乍釋舟楫而見軒窗，意頗適然。更長燭明，奈此良夜何。于是博弈之事講矣。

且長行、葉子、博塞、彈棋，近世無傳。若打揭、大小豬窩、族鬼、胡畫、數倉、賭快之類，皆鄙俚不經見。藏酒、摴蒱、雙蹙融，近漸廢絕。選仙、加減、插關火，質魯任命，無所施人智巧。大小象戲，弈棋，又惟可容二人。獨采選、打馬，特爲閨房雅戲。嘗恨采選叢繁，勞于檢閱，故能通者少，難遇勍敵；打馬簡要，而苦無文彩。

按打馬世有二種：一種一將十馬者，謂之『關西馬』；一種無將二十馬者，謂之『依經馬』。流行既久，各有圖經凡例可考；行移賞罰，互有同异。又宣和間人取二種馬，參雜加減，大約交加僥幸，古意盡矣。所謂『宣和馬』者是也。予獨愛『依經馬』，因取其賞罰互度，每事作數語，隨事附見，使兒輩圖之。不獨施之博徒，實足貽諸好事，使千萬世後，知命辭打馬，始自易安居士也。時紹興四年十一月二十四日，易安室序。

投翰林學士綦崈禮啟

清照啓：素習義方，粗明詩禮。近因疾病，欲至膏肓。牛蟻不分，灰釘已具。嘗藥雖存弱弟，應門惟有老兵。既爾蒼皇，因成造次。信彼如簧之舌，惑茲似錦之言。弟既可欺，持官文書來輒信；身幾欲死，非玉鏡架亦安知。僶俛難言，優柔莫決。呻吟未定，强以同歸；視聽才分，實難共處。忍以桑榆之晚節，配茲駔儈之下才。

身既懷臭之可嫌，惟求脱去；彼素抱璧之將往，決欲殺之。遂肆侵凌，日加毆擊，可念劉伶之肋，難勝石勒之拳。局天扣地，敢效談娘之善訴；升堂入室，素非李赤之甘心。外援難求，自陳何害？豈期末事，乃得上聞。取自宸衷，付之廷尉。被桎梏而置對，同凶醜以陳詞。豈惟賈生羞絳、灌爲伍，何啻老子與韓非同傳，但祈脱死，莫望償金。友凶横者十旬，蓋非天降；居囹圄者九日，豈是人爲！抵雀捐金，利當安往？將頭碎璧，失固可知。實自謬愚，分知獄市。此蓋伏遇内翰承旨，搢紳望族，冠蓋清流，日下無雙，人間第一。奉天克復，本原陸贄之詞；淮蔡底平，實以會昌之詔。哀憐無告，雖未解驂；感戴鴻恩，如真出己。故兹白首，得免丹書。清照敢不省過知慚，捫心識愧。責全責智，已難逃萬世之譏；敗德敗名，何以見中朝之士。雖南山之竹，豈能窮多口之談。惟智者之言，可以止無根之謗。

高鵬尺鷃，本异升沉；火鼠冰蠶，難同嗜好。達人共悉，童子皆知。願賜品題，與加湔洗。誓當布衣蔬食，温故知新。再見江山，依舊一瓶一鉢；重歸畎畝，更須三沐三薰，忝在葭莩，敢兹塵瀆。

烏江

生當作人傑，死亦爲鬼雄。
至今思項羽，不肯過江東。

咏史

兩漢本繼紹，新室如贅疣。
所以嵇中散，至死薄殷周。

浯溪中興頌詩和張文潛

其一

五十年功如電掃，華清宮柳咸陽草。五坊供奉鬭鷄兒，酒肉堆中不知老。胡兵忽自天上來，逆胡亦是姦雄才。勤政樓前走胡馬，珠翠踏盡香塵埃。何爲出戰輒披靡，傳置荔枝多馬死。堯功舜德本如天，安用區區紀文字。著碑銘德真陋哉，乃令神鬼磨山崖。子儀光弼不自猜，天心悔禍人心開。夏商有鑒當深戒，簡册汗青今俱在。君不見當時張説最多機，雖生已被姚崇賣。

其二

君不見驚人廢興傳天寶，《中興碑》上今生草。不知負國有奸雄，但説成功尊國老。誰令妃子天上來，虢、秦、韓國皆天才。花桑羯鼓玉方響，春風不敢生塵埃。姓名誰復知安史，健兒猛將安眠死。去天尺五抱甕峰，峰頭鑿出開元字。時移勢去真可哀，奸人心醜深如崖。西蜀萬里尚能反，南内一閉何時開？可憐孝德如天大，反使將軍稱好在。嗚呼，奴婢乃不能道輔國用事張后尊，乃能念春薺長安作斤賣。

附録二 題咏、總評

鵲橋仙 和李易安金魚池蓮

〔宋〕朱敦儒

白鷗欲下，金魚不去，圓葉低開蕙帳。輕風冷露夜深時，獨自箇、凌波直上。幽蘭共挽，明璫難寄，塵世教誰將傍。會尋織女趁靈槎，泛舊路、銀河萬丈。

（《樵歌》卷上）

醜奴兒近 博山道中效李易安體

〔宋〕辛弃疾

千峰雲起，驟雨一霎兒價。更遠樹斜陽，風景怎生圖畫？青旗賣酒，山那畔别有人家。只消山水光中，無事過這一夏。午醉醒時，松窗竹户，萬千瀟灑。野鳥飛來，又是一般閑暇。却怪白鷗，覷着人欲下未下。舊盟都在，新來莫是，别有説話？（《稼軒詞編年箋注》）

永遇樂

〔宋〕劉辰翁

余自乙亥上元誦李易安《永遇樂》，爲之涕下。今三年矣，每聞此詞，輒不自堪，遂依其聲，又托之易安自喻，雖辭情不及，而悲苦過之。

璧月初晴，黛雲遠澹，春事誰主。禁苑嬌寒，湖堤倦暖，前度遽如許。香塵暗陌，華燈明晝，長是懶携手去。誰知道，斷烟禁夜，滿城似愁風雨。宣和舊日，臨安南渡，芳景猶自如故。緗帙流離，風鬟三五，能賦詞最苦。江南無路，鄜州今夜，此苦又誰知否？空相對，殘釭無寐，滿村社鼓。（《須溪詞》卷二）

〔宋〕晁公武

《李易安集》十二卷。右皇朝李氏格非之女，先嫁趙誠之，有才藻名。其舅正夫相徽宗朝，李氏嘗獻詩曰：『炙手可熱心可寒。』然無檢操，晚節流落江湖間以卒。（《郡齋讀書志》卷四下）

〔宋〕洪　邁

東武趙明誠德甫，清憲丞相中子也。著《金石録》三十篇。上自三代，下訖五季，鼎、鍾、甗、鬲、盤、匜、尊、爵之款識；豐碑、大碣，顯人、晦士之事迹，見于石刻者，皆是正僞謬，去取褒貶，凡爲卷二千。其妻易安李居士，平生與之同志。趙没後，愍悼舊物之不存，乃作《後序》，極道遭罹變故本末。今龍舒郡庫刻其書，而此序不見取。比獲見元藁于王順伯，因爲撮述大概，……時紹興四年也，易安年五十二矣。自叙如此。予讀其文而悲之，爲識于是書。（《容齋四筆》卷五·趙德甫《金石録》）

〔宋〕陳振孫

《金石録》三十卷，東武趙明誠德甫撰。其所藏二千卷，蓋仿歐陽《集古》，而數則倍之。本朝諸家蓄古器物款式，其考訂詳洽，如劉原父、呂與叔、黄長睿多矣。大抵好附會古人名字，如『丁』字即以爲祖丁，『舉』字即以爲伍舉，方鼎即以爲子産，仲吉匜即以爲偪姞之類。邃古以來，人之生世夥矣；而僅見于簡册者幾何？器物之用于人亦夥矣，而僅存于今世者幾何？乃以其姓氏名物之偶同而實焉。余嘗竊笑之。惟其附會之過，并與其詳洽者，皆不足取信矣。惟此書跋尾獨不然，好古之通人也。明誠，宰相挺之之子。其妻易安居士爲作《後序》，頗可觀。（《直齋書録解題》卷八）

《打馬賦》一卷，易安李氏撰。用二十馬。以上三者各不同。今世打馬大約與古之摴蒱相類。（同上卷十四）

《漱玉集》一卷，易安居士李氏清照撰。元祐名士格非文叔之女，嫁東武趙明誠德甫。晚歲頗失節。別本分五卷。（同上卷二十一）

〔宋〕王灼

易安居士，京東路提刑李格非文叔之女，建康守趙明誠德甫之妻。自少年便有詩名，才力華贍，逼近前輩，在士大夫中已不多得。若本朝婦人，當推文采第一。趙死，再嫁某氏，訟而離之，晚節流蕩無歸。作長短句，能曲折盡人意，輕巧尖新，姿態百出，閭巷荒淫之語，肆意落筆，自古搢紳之家能文婦女，未見如此無顧籍也。陳後主游宴，使女學士、狎客賦詩相贈答，采其尤艷麗者，被以新聲，不過『璧月夜夜滿，瓊樹朝朝新』等語。李戡嘗痛元、白詩纖艷不逞，非莊士雅人，多爲其破壞，流于民間，子父女母，交口教授，淫言媟語，冬寒夏熱，入人肌骨，不可除去。二公集尚存，可考也。元與白書，自謂近世婦人，暈淡眉目，綰約頭鬢，衣服修廣之度，匀配色澤，尤劇怪艷，因爲艷詩百餘首。今集中不載。元《會真》詩，白《游春》詩，所謂『纖艷不逞』『淫言媟語』，止此耳。温飛卿號多作側詞艷曲，其甚者『合歡桃葉終堪恨，裏許元來別有人』，『玲瓏骰子安紅豆，入骨相思知不知』，亦止此耳。今之士大夫學曹組諸人鄙穢歌詞，則爲艷麗如陳之女學士狎客，爲纖艷不逞、淫言媟語如元、白，爲側詞、艷曲如温飛卿，皆不敢也。其風至閨房婦女，誇張筆墨，無所羞畏，殆不可使李戡見也。（《碧鷄漫志》卷二）

節序

〔宋〕張炎

昔人咏節序，不惟不多，付之歌喉者，類是率俗，不過爲應時納祜之聲耳。所謂清明『拆桐花爛漫』、端午『梅霖初歇』、七夕『炎光謝』，若律以詞家調度，則皆未然。豈如美成《解語花》賦《元夕》云：『風銷焰蠟，露浥烘爐，花市光相射。桂華流瓦，纖雲散，耿耿素娥欲下。衣裳淡雅，看楚女纖腰一把。簫鼓喧，人影參差，滿路飄香麝。因念帝城放夜，望千門如晝，嬉笑游冶。鈿車羅帕相逢處，自有暗塵隨馬。年光是也，惟只見舊情衰謝。清漏移，飛蓋歸來，從舞休歌罷。』史邦卿《東風第一枝》賦《立春》云：『草脚愁蘇，花心夢醒，鞭香拂散牛土。舊歌空憶珠簾，彩筆倦題繡户。

黏鷄貼燕，想立斷東風來處。暗惹起一掬相思，亂若翠盤紅縷。　今夜覓夢池秀句，明日動探花芳緒。寄聲酤酒人家，預約俊游伴侶。憐他梅柳，怎忍潤天街酥雨。待過了一月燈期，日日醉扶歸去。』黃鍾《喜遷鶯》賦《元夕》云：『月波疑滴，望玉壺天近，了無塵隔。翠眼圈花，冰絲織練，黃道寶光相直。自憐詩酒瘦，難應接許多春色。最無賴是隨香趁燭，曾伴狂客。　蹤迹，謾記憶，老了杜郎，忍聽東風笛。柳院燈疏，梅廳雪在，誰與細傾春碧？舊情未定，猶自學當年游歷。怕萬一、誤玉人夜寒，窗際簾隙。』如此等妙詞頗多，不獨措辭精粹，又且見時序風物之盛，人家宴樂之同。則絕無歌者。五字別本無。至如李易安《永遇樂》云：『不如向簾兒底下，

聽人笑語。』此詞亦自不惡。而以俚詞歌于坐花醉月之際，似乎擊缶韶外，良可歎也。（《詞源》卷下）

〔元〕元淮

讀李易安文

綠肥紅瘦有新詞，畫扇文窗遺興時。象管鼠鬚書草帖，就中幾字勝羲之。

（《金囦集》）題李易安所書《琵琶行》後

題李易安所書《琵琶行》後有序

〔明〕宋濂

樂天謫居江州，聞商婦琵琶，抆淚悲歎，可謂不善處患難矣。然其詞之傳，讀者猶愴然，况聞其事者乎？李易安圖而書之，其意蓋有所寓。而永嘉陳傅良題識，其言則有可异者。余戲作一詩，正之于禮義，亦古詩人之遺音歟。其辭曰：

佳人薄命紛無數，豈獨潯陽老商婦。青衫司馬太多情，一曲琵琶淚如雨。此身已失將怨誰，世間哀樂常相隨。易安寫此别有意，字字似訴中心悲。

永嘉陳侯好奇士，夢裏謬爲兒女語。花顔國色草上塵，朽骨何堪污脣齒。生男當如魯男子，生女當如夏侯女。千年穢迹吾欲洗，安得潯陽半江水。

（《宋學士集》卷三十二）

〔明〕吴寬

易安居士畫像題辭

金石姻緣翰墨芬，文簫夫婦盡能文。西風庭院秋如水，人比黄花瘦幾分。

（四印齋所刻《漱玉詞》引）

〔清〕李調元

易安在宋諸媛中，自卓然一家，不在秦七、黄九之下。詞無一首不工，其煉處可奪夢窗之席，其麗處直參片玉之班。蓋不徒俯視巾幗，直欲壓倒鬚眉。

（《雨村詞話》卷三）

〔清〕永瑢等

《漱玉詞》一卷，宋李清照撰。清照號易安居士，濟南人，禮部郎提點京東刑獄格非之女，湖州守趙明誠之妻也。清照工詩文，尤以詞擅名。《苕溪漁隱叢話》稱其再適張汝舟，未幾反目，有啓事上綦處厚云：『猥以桑榆之晚景，配兹駔儈之下材。』傳者無不笑之。今其啓具載趙彦衛《雲麓漫鈔》中。李心傳《建炎以來繫年要録》載其與後夫構訟事尤詳。此本爲毛晋汲古閣所刊。卷末備載其軼事逸文，而不録此篇，蓋諱之也。案陳振孫《直齋書録解題》載清照《漱玉詞》一卷，又云：『别本作五卷。』黄昇《花庵詞選》則稱《漱玉詞》三卷，今皆不傳。此本僅詞十七闋，附以《金石録序》一篇，蓋後人裒輯爲之，已非其舊。其《金石録後序》，與刻本所載詳略迥殊，蓋從《容齋五筆》中鈔出，亦非完篇也。清照以一婦人，而詞格乃抗軼周、柳。張端義《貴耳集》極推其元宵詞《永遇樂》、秋詞《聲聲慢》，以爲閨閣有此文筆，殆爲間氣，良非虚美。雖篇帙無多，固不能不寶而存之，爲詞家一大宗矣。（《四庫全書總目提要》集部詞曲類一）

題李易安《打馬圖》并跋

〔清〕李漢章

予幼讀《打馬賦》，愛其文，知易安居士不獨詩餘一道冠絶千古，且信晦翁之言，非過許也。長游齊魯，獲睹其圖，益廣所未見。然予性暗于博，不解争先之術，第喜其措詞典雅，立意名雋，洵閨房之雅製，小道之巨觀，寓錦心繡口游戲之中，致足樂也。若夫生際亂離，去國懷土，天涯遲暮，感慨無聊，既隨事以行文，亦因文以見志，又足悲矣。暇日檢點完篇，手録一過，貽諸好事，庶有見作者之心焉。

國破家亡感慨多，中興漢馬久蹉跎。可憐淮水終難渡，遺恨還同説過河。

南渡偷安王氣孤，争先一局已全輸。廟堂只有和戎策，慚愧深閨《打馬圖》。
纔涉驚濤夢未安，又聞虜馬飲江干。桑榆晚景無人惜，聊與驊騮遣歲寒。

（《黄檗山人詩集》）

登州雜詩之一

〔清〕趙執信

朱榜雕墻擁達官，篇章雖在姓名殘。有人齒冷君知否？静治堂中李易安。

（丹崖石刻姓名多毁。『静治堂』，趙明誠守郡時故額。）（《飴山詩集》）

〔清〕李廷棨

易安居士故里詩

閨秀鍾靈處，停車落日時。溪光留寶鏡，山色想蛾眉。九日黄花語，千秋幼婦辭。自隨兵舫去，誰更續江蘺。（《國朝山左詩彙鈔》）

〔清〕翁方綱

題宋槧《金石録》

十卷欲抵三十卷，三十卷即卷二千。馮硯祥家此舊印，趙《金石録》之殘編。也是園叟爲著録，藝林艷羡逾百年。此書宋槧誰得見，菉竹堂寫名空傳。我見朱（竹垞）何（義門）手所校，謝刻盧刻謌訛猶沿。今晨阮公札遠寄，秘笈新得邗江邊。阮公積古邁歐趙，蘇齋快與論墨緣。恰逢葉子仿篆記，宛如舊石馮家鐫。重章叠和紙增價，長箋短幅紅鮮妍。錦贉何減浚儀刻（宋時浚儀刻本），囊楮倍壓湖州船。葉子篆樣又摹副，其一畀我蘇齋筵。我齋趙録寫本耳，幸有蘇集珍丹鉛。紹興漕倉施顧注，傅楷更在趙録前。奇哉漫堂寶殘泐，惜也邵補功微愆。欽州馮家有全帙，廿載借諾心拳拳。乞公借從穗城刻，什倍開府綿津賢。誓言此印爲之質，萬古虹月衡杓躔。明年仍還馮家櫝，一月光又印萬川。嘉慶丁丑臘月弟方綱草。（《滂喜齋藏書記》卷一引）

題宋刻《金石録》

〔清〕奕繪

孾經老人著筆暇，頗有閑情及鐘鼎。家藏宋槧《金石録》，故紙不是雙鈎影（今世有雙鈎古碑影宋本書）。《天禄琳琅》偶未入（高宗訪求宋版書，聚集目録，已盈八卷，名《天禄琳琅》），汲引今古得修綆。相隨滇粤二十餘年，今春携入中書省。惟日丁亥三月望，殿閣參差月華静。燈前親寫第五跋，不似東坡醉酩酊（蘇詩曰：『醉眼有花書字大，老人無睡漏聲長。』公平生不飲酒，以六旬有五之年，書法了無頹唐氣，故云）。閏月丁亥索我詩，我固願焉不敢請。日吉辰良古所重，萬舞登歌味尤永。但慚前輩富題識，恐污蛟龍混蛙黽。願公壽考如

金石，宋録秦碑伴烟艇。道光戊戌閏月望日丁亥應雲臺相國命題，後學奕繪。（《滂喜齋藏書記》卷一引）

〔清〕顧太清

金縷曲

日暮來青鳥。啓芸囊、紙光如砑，香雲縹渺。易安夫妻皆好古，夏鼎商彝細考。聚絶世人間奇寶。太息兵荒零落散，剩殘編幾卷當年稿。前人物，後人保。

雲臺相國親搜校。押紅泥、重重小印，篇篇玉藻。南渡君臣荒唐甚，誰寫亂離懷抱。抱遺憾，訛言顛倒。賴有先生爲昭雪，算生平特記伊

人老。千古案，平反了。（《滂喜齋藏書記》引）

〔清〕俞陛雲

鳳凰臺上憶吹簫

世傳《漱玉集》，乃文津閣及四印齋本。李君冷衷更爲搜輯，采書至六十餘種，易安居士之文詞及遺聞斷句，備于是編。將付剞劂，索余題記，用集中許君鶴巢韵賦之。

燼滅牙簽，霜高鐵騎，南朝愁絶蘭成。憶鵲華舊夢，天遠雲横。辛苦歸來堂燕，過江東同訴飄零。金石序，幾行淚墨，浩劫身經。荼蘼已成影事，寫令嫻哀誄，忍説鴛盟。剩一編佳咏，傳遍江城。却有錦囊詞客，輯叢殘午夜燈青。好長與，雲巢片石，永著芳名。（冷雪庵本《漱玉詞》）

郭沫若

題李清照舊居

一代詞人有舊居，半生飄泊憾何如？冷清今日成轟烈，傳誦千秋是著書。

朱淑真詞

憶秦娥

正月初六夜月

彎彎曲，新年新月鈎寒玉。鈎寒玉，鳳鞋兒小，翠眉兒蹙。　鬧蛾雪柳添妝束，燭龍火樹争馳逐。争馳逐，元宵三五，不如初六。

浣溪沙

清明

春巷夭桃吐絳英，春衣初試薄羅輕，風和烟暖燕巢成。　小院湘簾閑不捲，曲房朱户悶長扃。惱人光景又清明。

浣溪沙

春夜

玉體金釵一樣嬌，背燈初解繡裙腰，衾寒枕冷夜香銷。　深院重關春寂寂，落花和雨夜迢迢。恨情和夢更無聊。

生查子

寒食不多時，幾日東風惡。無緒倦尋芳，閑却秋千索。　玉減翠裙交，病怯羅衣薄。不忍捲簾看，寂寞梨花落。

生查子

年年玉鏡臺，梅蕊宮妝困。今歲未還家，怕見江南信。酒從別後疏，淚向愁中盡。遙想楚雲深，人遠天涯近。

生查子

元夕

去年元夜時，花市燈如晝。月上柳梢頭，人約黃昏後。今年元夜時，月與燈依舊。不見去年人，淚濕春衫袖。

謁金門

春半

春已半。觸目此情無限。十二闌干閑倚遍，愁來天不管。　好是風和日暖，輸與鶯鶯燕燕。滿院落花簾不捲，斷腸芳草遠。

江城子

賞春

斜風細雨作春寒。對尊前，憶前歡。曾把梨花、寂寞淚闌干。芳草斷烟南浦路，和别淚，看青山。　昨宵結得夢夤緣。水雲間，悄無言。争奈醒來、愁恨又依然。展轉衾裯空懊惱，天易見，見伊難。

減字木蘭花

春怨

獨行獨坐，獨倡獨酬還獨卧。佇立傷神，無奈春寒著摸人。

此情誰見，淚洗殘妝無一半。愁病相仍，剔盡寒燈夢不成。

眼兒媚

遲遲風日弄輕柔，花徑暗香流。清明過了，不堪回首，雲鎖朱樓。

午窗睡起鶯聲巧，何處喚春愁？緑楊影裏，海棠亭畔，紅杏梢頭。

鷓鴣天

獨倚欄干晝日長，紛紛蜂蝶鬪輕狂。一天飛絮東風惡，滿路桃花春水香。　當此際，意偏長。萋萋芳草傍池塘。千鍾尚欲偕春醉，幸有荼蘼與海棠。

清平樂

風光緊急，三月俄三十。擬欲留連計無及，綠野烟愁露泣。　倩誰寄語春宵，城頭畫鼓輕敲。繾綣臨歧囑付，來年早到梅梢。

清平樂

夏日游湖

惱烟撩露，留我須臾住。攜手藕花湖上路，一霎黄梅細雨。　嬌痴不怕人猜，和衣睡倒人懷。最是分攜時候，歸來懶傍妝臺。

點絳唇

黄鳥嚶嚶，曉來却聽丁丁木。芳心已逐。淚眼傾珠斛。　見自無心，更調離情曲。鴛幃猶望休窮目。回首溪山緑。

點絳唇

冬

風勁雲濃，暮寒無奈侵羅幕。髻鬟斜掠，呵手梅妝薄。　少飲清歡，銀燭花頻落。恁蕭索，春工已覺，點破梅香萼。

蝶戀花

送春

樓外垂楊千萬縷。欲繫青春，少住春還去。猶自風前飄柳絮。隨春且看歸何處。　綠滿山川聞杜宇。便做無情，莫也愁人苦。把酒送春春不語。黃昏却下瀟瀟雨。

菩薩蠻

秋

秋聲乍起梧桐落，蛩吟唧唧添蕭索。欹枕背燈眠，月和殘夢圓。起來鈎翠箔，何處寒砧作。獨倚小闌干，逼人風露寒。

菩薩蠻

山亭水榭秋方半，鳳幃寂寞無人伴。愁悶一番新，雙蛾只舊顰。起來臨繡户，時有疏螢度。多謝月相憐，今宵不忍圓。

菩薩蠻

木樨

也無梅柳新標格，也無桃李妖嬈色。一味惱人香，群花爭敢當。情知天上種，飄落深巖洞。不管月宮寒，將枝比並看。

菩薩蠻

詠梅

濕雲不渡溪橋冷，蛾寒初破霜鈎影。溪下水聲長，一枝和月香。人憐花似舊，花不知人瘦。獨自倚欄干，夜深花正寒。

鵲橋仙　七夕

巧雲妝晚，西風罷暑，小雨翻空月墜。牽牛織女幾經秋，尚多少、離腸恨淚。　微凉入袂，幽歡生座，天上人間滿意。何如暮暮與朝朝，更改却、年年歲歲。

念奴嬌　催雪

冬晴無雪，是天心未肯，化工非拙。不放玉花飛墮地，留在廣寒宮闕。雲欲同時，霰將集處，紅日三竿揭。六花剪就，不知何處施設。　應念隴首寒梅，花開無伴，對景真愁絶。待出和羹金鼎手，爲把玉鹽飄撒。溝壑皆平，乾坤如畫，更吐冰輪潔。梁園燕客，夜明不怕燈滅。

念奴嬌

鵝毛細剪，是瓊珠密灑、一時堆積。斜倚東風渾漫漫，頃刻也須盈尺。玉作樓臺，鉛鎔天地，不見遥岑碧。佳人作戲，碎揉些子抛擲。

争奈好景難留，風僝雨僽，打碎光凝色。總有十分輕妙態，誰似舊時憐惜。擔閣梁吟，寂寞楚舞，笑捏獅兒隻。梅花依舊，歲寒松竹三益。

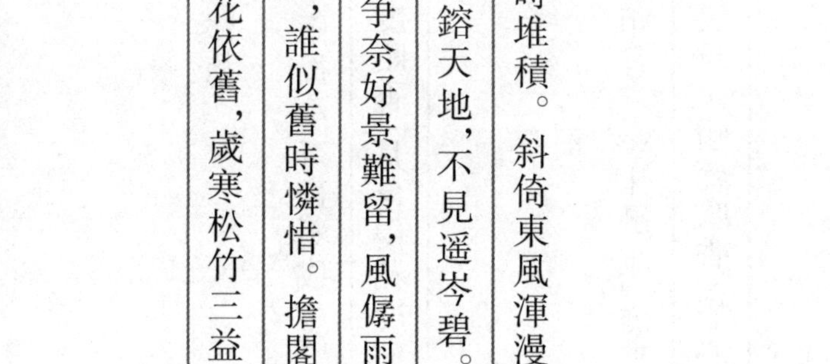

卜算子 咏梅

竹裏一枝梅，映帶林逾静。雨後清奇畫不成，淺水横疏影。吹徹小單于，心事思重省。拂拂風前度暗香，月色侵花冷。

柳梢青 咏梅

玉骨冰肌。爲誰偏好，特地相宜。一味風流，廣平休賦，和靖無詩。倚窗睡起春遲。困無力、菱花笑窺。嚼蕊吹香，眉心點處，鬢畔簪時。

柳梢青

凍合疏籬。半飄殘雪，斜臥枝低。可便相宜，烟藏修竹，月在寒溪。亭亭佇立移時。拚瘦損、無妨爲伊。誰賦才情，畫成幽思，寫入新詞。

柳梢青

雪舞霜飛。隔簾疏影，微見橫枝。不道寒香，解隨羌管，吹到屏幃。箇中風味誰知。睡乍起、烏雲甚欹。嚼蕊妝英，淺顰輕笑，酒半醒時。

西江月　春半

辦取舞裙歌扇，賞春只怕春寒。捲簾無語對南山，已覺緑肥紅淺。去去惜花心懶，踏青閑步江干。恰如飛鳥倦知還，澹蕩梨花深院。

月華清　梨花

雪壓庭春，香浮苑月，攬衣還怯單薄。欹枕徘徊，又聽一聲乾鵲。粉淚共、宿雨闌干，清夢與、寒雲寂寞。除却。是江梅曾許，詩人吟作。長恨曉風漂泊。且莫遣香肌，瘦減如削。深杏夭桃，端的爲誰零落。況天氣、妝點清明，對美景、不妨行樂。翻著。向花前時取，一杯獨酌。

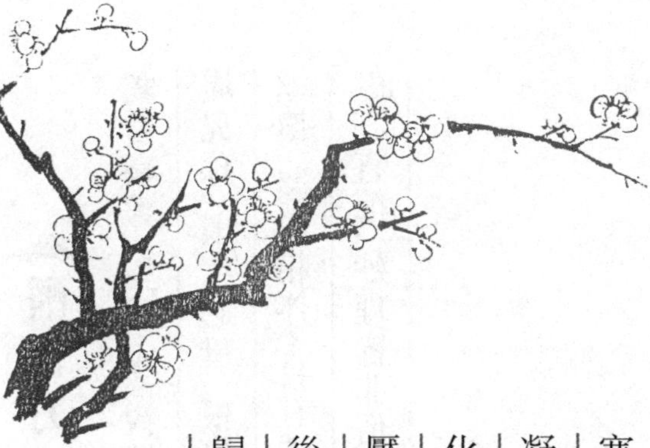

絳都春

梅花

寒陰漸曉。報驛使探春，南枝開早。粉蕊弄香，芳臉凝酥瓊枝小。雪天分外精神好。向白玉、堂前應到。化工不管，朱門閉也，暗傳音耗。輕渺。盈盈笑靨，稱嬌面、愛學宮妝新巧。幾度醉吟，獨倚闌干黃昏後，月籠疏影橫斜照。更莫待、單于吹老。更須折取歸來，膽瓶插了。

酹江月

咏竹

愛君嘉秀，對雲庵、親植琅玕叢簇。結翠筠梢，津潤膩、葉葉竿竿柔綠。漸胤兒孫，還生過母，根出蟠蛟曲。瀟瀟風夜，月明光透篩玉。　雅稱野客幽懷，閑窗相伴，自有清風足。終不凋零材异衆，豈似尋常花木。傲雪欺霜，虛心直節，妙理皆非俗。天然孤澹，日增物外清福。